中共龙海市委宣传部 编

乡关年月

年月 著

厦门大学出版社 国家一级出版社
XIAMEN UNIVERSITY PRESS 全国百佳图书出版单位

图书在版编目(CIP)数据

乡关年月:龙海最闽南乡村驻村札记/年月著;中共龙海市委宣传部编.—厦门:厦门大学出版社,2018.12
ISBN 978-7-5615-7233-7

Ⅰ.①乡… Ⅱ.①年…②中… Ⅲ.①报告文学—作品集—中国—当代 Ⅳ.①I25

中国版本图书馆 CIP 数据核字(2018)第 272423 号

出 版 人	郑文礼
责任编辑	王鹭鹏
出版发行	厦门大学出版社
社　　址	厦门市软件园二期望海路 39 号
邮政编码	361008
总 编 办	0592-2182177　0592-2181406(传真)
营销中心	0592-2184458　0592-2181365
网　　址	http://www.xmupress.com
邮　　箱	xmup@xmupress.com
印　　刷	福州报业鸿升印刷有限责任公司

开本	787 mm×1 092 mm　1/16
印张	17.5
字数	305 千字
版次	2018 年 12 月第 1 版
印次	2018 年 12 月第 1 次印刷
定价	68.00 元

本书如有印装质量问题请直接寄承印厂调换

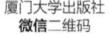
厦门大学出版社
微信二维码

厦门大学出版社
微博二维码

回到故乡，不为说愁

序

杨少衡

很少有一本书像《乡关年月》一样让我难以放下，或许因为记忆深处的许多情绪被它唤起，或许因为文字的精美感人和图片的信息丰富。

这本书描写了龙海市的十七个村庄，其中有一个叫做洋西，它在龙海市榜山镇。二十世纪六十年代，这个村子发生了一件大事，史称"堵江抗旱"。时闽南大旱，人们在九龙江上筑起一座坝，截住江水，让江水淹没洋西村几百亩庄稼，引向下游浇灌几十万亩干旱良田。事后有一位著名诗人郭小川来到此地，写了长篇通讯《旱天不旱地》，登载于《人民日报》。文艺工作者将这一事件搬上舞台，编演了一出名为"碧水赞"的现代戏。后来它被改编为京剧《龙江颂》，成为当年著名的样板戏之一，传唱全国。该事件从此以"龙江风格"（亦称"榜山风格"）为名被传颂，时至今日还常被人提起。

洋西村是这本书描绘的十七个村落之一，作者年月把它放在第三章"追忆"里。之所以我要先提这个村，不仅因为远近知晓的那个事件，更因为我是通过洋西才知道这位作者。年月在文中表达了她的"近乡情怯"之感，洋西于她有如第二故乡，她于二〇〇三年出版的第一部长篇作品《龙江人寻找龙江颂》就是从洋西出发。我认识她恰也在那个时候。二十世纪九十年代末，我在漳州市委宣传部工作期间，得知龙海市委宣传部找了一位年轻女作者，要为龙江风格写一本书，当时既觉得非常值得做，又暗中有些担心——这样一个题材，一个年轻作者对付得了吗？一代人的年龄差距，"文革"前与改革开放后的时代差距，于她无疑充满挑战。但是有年轻作者愿意接这样的任务，也让我感觉兴奋，或许这正意味着某种传承？几年后那本书出版时，我已调离家乡。在省城读到它，有一种刮目相看之感。我发觉年月找到一个很好的角度，以当下人寻找过去事迹的方式，让作品有了强烈的现实感，拉近了这一代人与上一代事之间的距离，打开了认识、接受与感染的空间，因之很成功。

现在我在读她的另一本书。年月在这本书里不无调侃，称多年后人们提起她，总是会说"就是那位寻找《龙江颂》的作者"。事实上，她此后又出版了多部书，但"'寻找《龙江颂》'似乎已经成为我永远的标签"，我发觉她也在说我，看的是这一本，说的又是那一本。我不知道其他人怎么回事，于我而言，如此标签似也不无道理：这两本书有一个重要相通——讲的都是龙海故事，或称龙江故事。

这本书写了十七个村庄，每个村庄都有故事。例如旧龙溪县治所在地古县谢太傅庙来历千年；浦西堡与宋宗室后人历经风风雨雨；镇海卫曾威镇海疆三百年；有六个古码头的豆巷原是从"十八间豆腐巷"简称而来；卓港旧名"倒港"以及它作为古月港补给港的历史地位；埭美村一张图纸管了五百年；金鳌村祖祠群号称"四堂一府"；龙海最边远的山区村塔潭满山满谷都是竹子，村民们享受着熊猫的待遇；马崎村的连氏宗祠和万松关联系着台海两岸；当年石码渔业大队曾是"渔业大寨"；浯屿岛被称为英雄岛，有一支女民兵队代代相传；大量归国难侨融入双第华侨农场；溪洲村年年举办却不分胜负的龙舟赛；等等。这本书中描绘的十七个村子，有的我曾到过，有的曾听说过，直到读了这本书，所有的印象才一起鲜活起来。尤其应当提到的是，年月在讲述这些有着悠久历史的村落故事时，格外生动形象地描绘了它们的当下故事。田头村整治环境，还五千五百米河道清澈；百花村年轻一代深耕花田；白塘村曾经寂寥的黑石阵成为远近闻名的"滨海火山国家地质公园"；豆巷村郑水土制造当下的福船"马可波罗号"等等。往昔与今日的故事融汇，一个个村落便鲜明而出，跃然纸上。这十七个村庄在龙海乡村颇具代表性，它们的故事成了当下龙海故事的侧面和缩影。

　　有一种浓厚的、沁人心脾的闽南文化气息从书中这些村落里散发出来。或者不如说，它们通过作者敏感且充满喜爱之情的笔触流淌于字里行间。我在这本书里看到闽南最早的骑楼，看到二百七十六座红砖古厝汇成大观。还有一个村庄三步一庙，拥有一个号称世界上最小的，悬在两座房屋之间的空中微型庙宇。我还看到了大鼓凉伞在颜厝中心小学里喧天而起，这里总是挑选那些体格健壮、血气方刚的男青年和长相俊美、身段健美的姑娘前来习舞。塔潭村原是往三平寺进香必经之路，相传祖师公在世时问村民："你们是要吃我的，还是让我吃你们的？"村民齐声回答："我们吃您的！"于是日后村民们只需守在古香道两侧，等着过路香客送来钱币。我早在少年时就听过这一传说，此刻在年月笔下不期而遇。这一景象现已不存，塔潭村民爱看芗剧的习俗却一如既往。村里有一家芗剧团，有二十多位村民演员，平时边打工边排戏，每年演出一百余场，地方剧种便是如此代代相传。镇海卫所的除夕夜，村民们成群结伴来和城隍爷一起迎新年，尽管天寒地冻，许多人都满心欢喜地在庙前大埕席地而睡，扛不住冻的村民也尽量坚持到晚间十二点才离开。这是当地习俗，有着丰富的文化韵味。

　　这本书里，让我印象最深的要属人物，也就是当下生活在这十七个村落里的龙海人。年月或细致描摹，或寥寥几笔，把他们一个个呈现在我们的面前。古县有一位"农龄"七十年的郑志鸿老先生热心发掘宏扬当地历史文化。

浦西堡老婆婆蔡建斌有十一个曾孙，个个孝顺，她却更愿意自己做一日三餐。蔡婆婆年已九旬，神安气定。浯屿岛三十岁的林凯吉已经当了十四年轮机长。机器二十四小时工作，轮机长一般一晚只睡三个小时，有时连着两天两夜没睡。小伙子性格比较腼腆，还没有找女朋友，他母亲到妈祖庙就多了一份恳求，请妈祖保佑儿子早日成家。田头村五成人口在厦门做生意，沈沉香姐妹却回村开了一个农家乐，叫"那么旺"，目前是该村唯一的民宿。溪州村郭建通小名"阿憨"，他有一门手艺叫"剪瓷"，为宫庙等建筑装饰屋顶，要把啤酒瓶剪成碎片一块块贴龙麟，工作非常辛苦，他说："我已经习惯这个苦，也就不觉得苦了。"在年月笔下，这些人物都有个性，我却从中感觉到一种相通，无不聪颖、善良、勤快、达观。或许这是丰饶的九龙江平原乡村人物的共性？看此书似乎随处可听到热情好客的招呼："入来唻茶啦！"读到溪州村几个店主在门前挂出互相调侃的标语"不知为啥，就想挂个横幅玩玩""隔壁挂横幅，我也凑个热闹""听说最近流行挂横幅"，忍不住想笑——很传神。

于是我发觉最需要注意的是隐身于书中的另一位龙海人，那就是年月自己，当年寻找《龙江颂》的龙江人。十数年过去，今日年月事业有成，早已拓展出一片天地，但是初心不改，对家乡充满感情。她回到龙海，与同行的摄影师们克服种种困难驻村生活，感受，采访，创作，才有了这些带着新鲜乡土气息的体验与文字。其采访、驻村过程中的不容易于不经意间流诸笔端，让人读之感慨。她的文笔优美老道，而不辞辛劳脚踏实地的态度无疑更为重要。说到底，还是对家乡龙海这块土地的热爱，对生活在这块土地上的人们的热爱成就了这一本书，也成就了年月，让我们读来欣喜。

（序者为福建省作家协会主席，中国作协主席团委员，著名作家）

怀 古

03　隆教古火山口
一半海水一半火焰

17　古县
一千五百岁的青春面孔

32　浦西堡
小小的堡，伟岸的城

44　镇海卫
冷兵器，热心肠

目录

远 行

61　豆巷村
古月港的原点

77　卓港
南溪畔的月港补给港

89　埭美
港环社，社枕港

103　金鳌村
四处旅游，不如回乡看看

追忆

117　洋西村
不让巴掌山把眼挡

134　石码渔业大队
满载光荣史的海上飞

150　浯屿岛
浪尖上的英雄岛

167　双第华侨农场
开放多元的熟人社会

坚守

185　田头村
返乡二代的闽南水乡

199　百花村
百花常开，村民长福

213　塔潭
鸟语竹海古香路

227　溪洲
在九龙江口围溪而洲

243　马崎
一座宗祠，永久思念

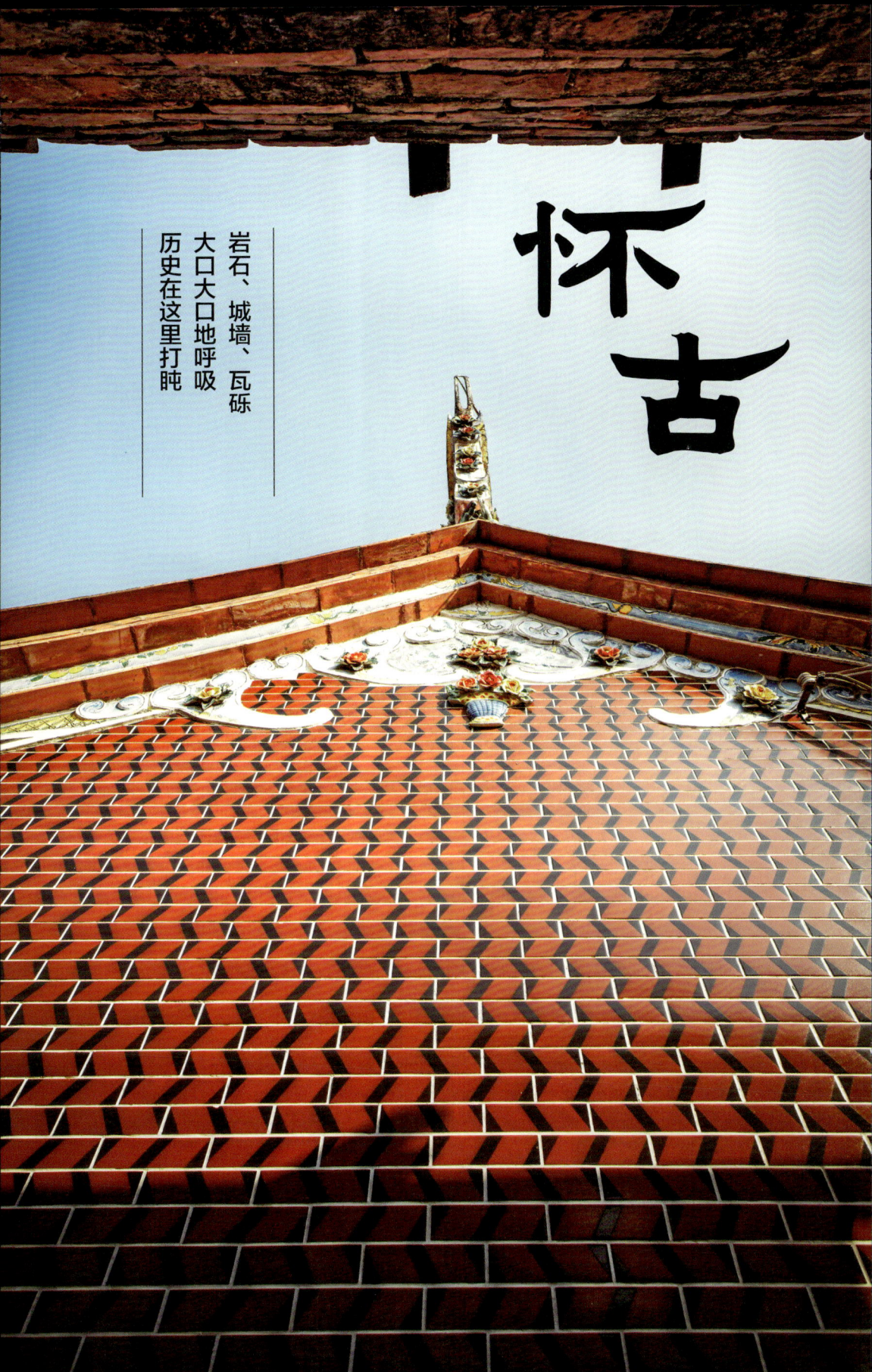

怀古

岩石、城墙、瓦砾
大口大口地呼吸
历史在这里打盹

\隆教古火山口\
一半海水一半火焰

在白塘村村民眼里习以为常的那片黑石，却被外人惊为大自然的鬼斧神工。

村民们打出生懂事起，就常在那片绵延不绝的黑石滩上玩——抓螃蟹，捡海螺，在石柱上跳梅花桩，那是村童的乐园。即使是退潮后露出更大规模的黑黝黝的险峻奇绝的石林，他们也不以为意——就是一片黑石头罢。

开始讨生活的村民，把黑石滩当成食堂，且是取之不竭、用之不尽的。从黑石滩出发去讨小海（其实，这里已是外海了），风浪特别大，但一叶扁舟出去，出没波涛里，只为些小鱼小虾，踏波回来时，渔筐里满的时候多，几乎不会有空的，至少也平个筐底。不出海的，就在黑石滩上讨食，挖海蛎，捡海螺，幸运的话还可淘到海胆膏，这是稀有珍贵的海味。但不管是出海去讨小海还是留在黑石滩上捡海螺，都需要听水时，也就是要跟着潮涨潮落。所以，古火山口边上的村民从小就会算水时，白天黑夜，哪个时间是涨，哪个时间是退，哪个时间是平，个个都会速算。

直到二十世纪九十年代下半叶，进入古火山口的外人渐多，特别是一九九七年五月，全国人大常委会原副委员长彭冲到火山口视察，被这一绵延不绝于太平洋沿岸的自然奇观所震撼，欣然题刻"华夏奇观，天下一绝"。彭冲是土生土长的漳州人，也是漳州历史上最早的师范学校——龙溪师范学校的第一位党员，他从这里走上革命的道路。对家乡的这一奇观，彭冲自然乐于向外界推荐。

二〇〇〇年十一月，发端于隆教乡牛头山火山口的漳州滨海火山群被认定为"首批国家级地质公园"。次年三月，它有了正式的名字，那就是由国土资源部命名的"漳州滨海火山国家地质公园"。

这时候，村民们才渐渐知晓，他们无日不见的黑石滩，竟是那么的有来头！早在距今一千七百万年前（又有一说是两千七百万年前），三次大规模的火山爆发造就了今日所见的奇观。它们可不只是村童的乐园、村民的食堂，还是极富科研价值和旅游价值的地质公园。

我最早造访牛头山火山口，是在二十世纪九十年代初。那时，我是个在读的历史系大学生，班主任听说我的家乡有个火山口，就请我带他去"考古"，彼时正值寒假，那时交通不便，我们租了部小柳州车一路颠簸、风尘仆仆地来到白塘村。那时白塘村与牛头山火山口之间隔着密密的马尾松林带，马尾松是很好的防风固沙树种，我们深一脚浅一脚地踩过树林底下的沙带，来到海边。天非常冷，无论是天空还是海面，都愁云惨淡，眼前所见的牛头山火山口十分寂寥，沙滩上，除了我们这些来"考古"的人外，再也没有其他人了。

此后，我多次来到牛头山火山口，都是为慕名者带路。每一次，牛头山火山口展现的面相都不一样：夏天时，阳光灿烂，海面湛蓝，浪花洁白，黝黑的玄武岩在阳光下闪闪发亮，十分惊艳；冬天时，北风呼呼响，沙滩上空无一人，只有浪花拍打黑石滩的声响，人们总是称牛头山火山口的柱状玄武岩群为"海底兵马俑"，在这样的时空背景下，真的是不夸张，十分悲壮。

但不管是哪个季节去牛头山火山口，都要先算水时，也就是什么时候，潮水完全退下，因为火山口是在海底下的，潮水不退，它便不显真容。

如果有时间，你可多待几个小时，从潮水满满开始，站在岸边，猜测海底下的火山群长啥样；然后，怀着期待，随着潮水一阵阵往后退时，看着火山群一寸寸地露出来；完全退净时，火山口、火山颈、喷发相、溢出相等一

牛头山古火山口被地质学家誉为"海底兵马俑"。图 / 刘阳

览无遗；走进去，你可在石滩上奔跑，可在柱状玄武岩群上踩梅花桩，可在海崖上小心翼翼地攀爬，可在岩石与岩石之间，寻觅海螺与海鸡冠，煮熟后都是美味；也可坐在高高的岩石上，只听风声……

二〇一七年冬日，我又一次穿过白塘村，穿过防护林，扑进牛头山火山口的怀抱，在天风海涛间，尽情享受这位从远古走来的壮士的爱抚……

惊叹全球的美丽风景线

资料显示，牛头山火山口是典型的第三纪火山地质公园，是目前世界上少数完整的椭圆形海底古火山口，其特点是喷发机理完整、层次清楚、保存完整。构造遗迹呈中心式火山喷发，以玄武岩地貌为主，由一百四十多万个柱状节理组成。

一般认为，牛头山古火山口只经历过三次喷发，而更晚近的研究发现，它经历了十五次喷发，喷发物的总厚度达到一百七十八点五米。我们现在可看到的喷发物，是第三世中段上部最后三次喷发的产物。

关于火山喷发的年代，有多种说法，早前的说法是两千七百万年前，稍晚的说法是两千四百六十万年前，而最近的说法，来自中科院院士、著名火山学专家刘嘉麒："自大约一千七百万年前的新生代新近纪中新世始，演绎了一场惊心动魄的火与海的大战……"他认为，这是菲律宾板块和太平洋板块共同作用的结果。

站在牛头山顶上，往下望，便可见古火山口及其周边火山遗迹的全貌，范围约为零点七平方公里。

古火山口形似一个朝天的椭圆形喇叭口，这个开口处顶端直径为五十米，底部深三米的火山口，潮涨时，没入海里，潮退时，完美呈现。

以古火山口为中心，向两边绵延开的火山活动的形迹十分完整和清晰，地表上是由岩浆形成各种形状的玄武岩，有西瓜状、流纹状、枕状，而最多的要属六方柱状节理玄武岩，多达一百四十多万个，遍布整个沙滩，且整齐

到火山口上去坐坐合影留念,几乎是每个外来者的必选动作。图 / 蒋铎

老妇守着古火山口，跟着它变老，坐看来往其间的外来者。图 / 林柏樑

划一地朝向大海，如排兵布阵般气势磅礴，难怪被称作"海底兵马俑"。

牛头山火山口的奇观吸引不少地质学家前来考察，他们一致认为，牛头山火山口具有地质构造学、火山学、古地理地震学、大地构造学等多学科的科研价值，他们发出"中外罕见的古火山博物馆"的赞叹。

在牛头山火山喷发的过程中，在火与海的或大战或缠绵中，出现两个接近完美的岛屿——南碇岛和林进屿，它们曾被评为"中国十大最美岛屿"。

南碇岛的美，在于它由一百四十万根玄武岩柱组成，世界著名自然遗产、英国北爱尔兰"巨人之路"也才拥有四万根玄武岩柱，可见南碇岛有多壮观。其远观，如海中巨舰，靠近时，如面对凝固的瀑布，登岸时，却仿佛置身于一捆捆柴木中。

林进屿的美，不只在于它的天然，还在于它有传说。传说，漳州首位状元林震，中状元前曾在岛上，以岛上的海螺、动物和野果为生，专心读书，科举一路过关，最后金榜题名，状元及第，官授翰林院修撰兼国史编修。然而，最后，他厌倦官场生活，晚年仍回到岛上，守着海上生明月，尽享黑山白石的诗意余生。

作为牛头山火山口的一对美丽儿女，南碇岛、林进屿千万年来与火山口相依相伴，共数日月星辰，一起迎接每年七次以上的强台风，像刀一样削肩而过。

而更远处，还有它的亲戚，澎湖列岛的火山群，我到澎湖，看到桶盘屿，便情不自禁地想起南碇岛，想起牛头山，其地理特征何其相似。难怪刘嘉麒院士这样感慨："它们一起成为全球一道美丽壮观的风景线！"

白塘村人的乐园

牛头山火山口并不孤独，它的背后是白塘村，只是这个村及村里的人，比它要迟出现许多年，也就是说，第一个白塘村人面对的已是一个不会再喷发的死火山了，但山与海交战的战场仍然是白塘村人的乐园——既满足了他们的生活，也愉悦了他们的精神。

台湾摄影家黄子明寻找火山喷发的"眼"。图 / 林世泽

潮间带捡海蛎的老妇。图/黄子明

/
隆教古火山口

　　在牛头山古火山口，可以看到无数由岩浆喷发形成的柱状节理玄武岩，排列整齐，仿佛接受阅兵。形态完美的新生代玄武岩古火山，喷发机理完整，层次清晰，整个火山口保存完好，因而被地质学家誉为"中外罕见的古火山博物馆"和"形象生动的海上兵马俑"，也是世界上保存最为完好的海底古火山口之一。

火山灰成就了肥沃的黑土，在很长一段时间里，白塘村盛产花生和番薯，但现在发展多种经营，花生和番薯的产量就降下来了，年轻人出外工作的多，而留下在村子里的，不少以养殖业和讨小海为生，兼做农事。

留在沙滩上捡海螺的基本上是老年人。捡海螺并不是轻松活，一样要跟着水时走，退潮了，海螺才会爬出洞来觅食，成群结队的。每天退潮时间都不同，如果退潮是在半夜或凌晨，他们也得出工，夏天还好，冬天海风刺骨，令人却步，但想着海螺可以做菜，可以卖钱，也就勇往直前了。

七十四岁的杨阿花与丈夫育有五个子女，靠着讨小海、捡海螺把儿女们培养成人，并且把他们都送进大学，而今孩子们毕业了，都在离家不远的漳州和厦门工作，大部分已成家。杨阿花却闲不下来，她依旧每天都来到古火山口，在黑石滩上捡海螺，于是，丈夫就在沙滩上开了个小店，卖贝壳做的各种玩意儿。而已入六旬的李月英和丈夫还在耕种田地，农作物以胡萝卜为主，一年收入在七万元人民币左右，这在隆教乡是个不错的收入。

白塘村是个大村，全村面积八平方公里，有八百七十多户三千三百多人，属于少数民族畲族的蓝姓人口约占一成，而人口以杨姓为主。杨姓开基祖杨惠应，为宋末入闽杨亮节派系的一支，这一支系在白塘村及其附近村庄扎根繁衍后，又流布到福州、广东、台湾地区等地，甚至传播到印尼、马来西亚等国家，而今也时有从海外归来省亲祭祖的后代。村里还有始建于清代的杨氏古民居群、用于供奉开基祖彰显不忘本的杨氏弘农堂，等等，古色古香。古建筑再老，比起古火山口，却只能算是年轻一辈。若非要排资论辈，人类在历史长河中，最多算小小辈而已。

外来者的造访

随着牛头山古火山口的名气越来越大，外地游客前来造访的也越来越多，不知不觉间，这里成为热门的旅游景区。

景区里，不只有牛头山火山口，其实牛头山火山口所在的整个隆教湾都

古火山口已成为热门景点,图为箱子客。图/方勇顺

是上天对隆教乡的恩赐，其天然沙滩之优质，后天保护之完美，堪比夏威夷。中国社科院刘天福教授曾来到隆教湾进行科学论证，发现该湾有十大优点——位优、滩缓、沙佳、水净、岸长、温适、花奇、树多、景配、物丰，确认它为"天下第一滩"。

隆教湾东起镇海旗尾山，西至牛头山火山口，长达六公里，整个海湾呈月牙状。海滩平缓宽阔，沙质洁白而柔软。它本来不叫隆教湾，而叫白塘湾，这个名字的得来也与牛头山火山口遗址有关。黑土白石，故名"白塘"。

当我于二〇一七年十二月再次到隆教乡时，通过白塘村进入牛头山火山口的道路已变得宽阔而平坦，漳州滨海大道正从这里穿过。两三年前，仍需深一脚浅一脚才能进入。隔着白塘村与大海之间的马尾松防护林大部分都被另一种防风观景树木——假槟榔所替代，而我却更深切地怀念起那片马尾松。

这个地方在二十世纪九十年代以后就被当作旅游景区开发，几起几落，最近一两年引进专业旅游发展公司负责运营，才逐步走上正轨，游客服务中心、咖啡厅、博物馆等设施一应俱全，特别是博物馆，对牛头山火山口的前世今生进行了详尽的介绍，吸引不少火山研究爱好者前来参观。了解了来龙去脉再去现场考察，知其然，同时也知其所以然，人们看到古火山就更震撼了。

箱子客，这种由集装箱改造而来的酒店，遍布古火山口所在的整个海岸线，位于临海的叫海景箱，位于内陆的叫山地箱。但无论在哪个箱里，住店的人都能听到波涛拍打火山石的巨大声响。

枕着波涛，听着呼啸而过的海风，时光似乎穿越回一千七百万年前，上千度的岩浆冲破地幔，奔涌而出，一半是海水一半是火焰，相爱相杀。那时，人类还未出现。

在大自然面前，人类永远是渺小的，"人定胜天"是奢谈，我们只能顺应自然，在利用自然中与自然和谐相处，但愿牛头山火山口在成为旅游景区后，一切都顺应自然。

在如墨的夜色中，我祈祷。

南太武山。图 / 林财民

金门北太武的姐妹山

在龙海市港尾镇海岸线上，有座耸峭的山峰，巍然雄踞在烟波浩淼的东南海疆，这就是闻名海内外的古老文化名山——南太武山，与金门的北太武是"姐妹山"，海拔五百六十米。南太武山东北濒临大海，与厦门、金门鼎立相望。一水清流，列峰秀出，绿野无垠，村舍错落。登高俯览，宛如一幅浓墨泼洒的美丽画卷。

《厦门志》卷二载："太武山，一名太姥山。"《图经·上太武夫人坛前记》谓："闽中未有生人时，夫人拓土以居，因以名。"山上景色幽雅，古迹荟萃，有延寿塔、栖山楼、安乐窝、锦亭峰、石钟楼、澜谷桥、浴仙盆、云根洞、九霄岩、石眼泉、烟霞石、弥陀石、香炉石、涅槃石、马蹄石、百丈泉、狮子迹、仙人迹、棋盘石、仙灶、石门、石屏、龙潭、象径等二十四景。

山上曾建有古刹，因年久失修，现仅存石墙。山之巅处有一座延寿塔，为四方形七层石塔，高二十米，海上归舟，望以为标。宋少帝南奔时曾驻跸于此。南太武山还是天然中草药库，生长着近百种野生草药，其中，名贵的"太武香菇"驰名海内外。

\ 古县 \

一千五百岁的青春面孔

古县大庙曾是县衙。图/王火炎

古县故事多。

未至古县，满耳都是古县的传奇故事。

一百多年前，古县是天主教盛行之地，在发展过程中，天主教与当地百姓发生了血案，名为"古县教案"。

三百多年前，郑成功曾在古县屯兵，攻打漳州。郑军以土楼为据点，与清军血战。战鼓与血光已消失于历史烟尘中，但土楼犹在。

一千三百多年前，凭淝水之战这一以少胜多著名战役而名垂军事史的谢安，被开漳圣王陈元光请到古县，不过，此时，他已不是人，而是神，后来，古县就拥有一座有上千年历史的谢太傅庙。

……

这些故事听起来很久远，不过比起古县的年岁，它们又都是年轻的。"未有漳州，先有龙溪"，早在陈元光开漳前的一百多年，即南朝梁大同六年（五四〇年），龙溪置县于此，隶属南安郡；随着陈元光开漳，唐开元二十九年（七四一年），才改属漳州；贞元二年（七八六年），县随州移，县治被移到今天的漳州市政府所在地，县治便有了今名"古县"。

古县并不只是一个村落，而涵盖庵前村、后垅村、石牌村、巧山村，有约六平方公里的面积，人口六千多，颜厝镇镇政府就位于这一片区的中心，一千五百多年后的古县依然是颜厝镇的政治、经济、文化中心。

草长莺飞的春天，我们来到有一千五百多岁的古县。溪水潺潺、鸟儿啁啾，满山满谷的龙眼树，花儿开满枝头，蝴蝶与蜜蜂上下翻飞，各司其职，播种采蜜两不误，闹得千年古县春风得意、风光无限。

风流古县人

郑玉振的故事流传很广，他虽是古县人，但山西和顺人却送给他一个昵称"番薯县令"。郑玉振于清乾隆四十九年（一七八四年）中进士，出任山西省和顺县知县。彼时，和顺闹饥荒，郑玉振心急如焚，情急之下，想起家乡古县盛产的番薯。他命随从马不停蹄赶回古县,请父老乡亲捐赠番薯,番薯被马不停蹄地送到和顺,不仅缓解当年饥荒,还成为和顺人此后经年又一重要的度荒之粮,因为郑玉振命人手把手地教和顺人种番薯。

其实,郑玉振为官生涯中远不只番薯救灾这个故事令人津津乐道。他在和顺时也因善于断案、铁面无私而得清代包青天美名。在和顺,有位产妇因产后受风寒而死,娘家状告婆家毒死她。郑玉振接案后,不顾尸腐发臭,亲自前往验仵,访查左邻右舍证实产妇确是产后受风寒而死。换别人断案,有了结果就好,郑玉振却认为,诬告者也应该被严惩,幕僚提醒他诬告者请求私了,且诬告者来头不小、狡黠无比,得罪不起。郑玉振不为所惧,严惩诬告者,他说的一句话,至今听来仍振聋发聩,有很强的现实意义,大意为,如果因狡黠而放了诬告者,是在教百姓为黠;如果为官时想的是为自己避祸,会令百姓失去信心。

郑玉振告老还乡时,重视修文治世,比如带头重修白云岩上的朱子祠,在家乡弘扬朱子文化。郑玉振故居历三百年保存完好,说明古县人对品格高洁、心系桑梓的人充满敬意。

当然,郑玉振只是古县"浩瀚星空"之中一颗闪亮的星辰而已。由于建县早,开发早,古县的土地上出现诸多重要人物。历代中举人者不胜枚举,名垂历史的俯拾皆是。有父子都是进士的孙昭先、孙叔谨,与宋濂一起修《元史》的学者王吉才,官至太常寺少卿、铲除魏忠贤余党的颜继祖,开明代翰林论朝政风气之先的谢琏,为官清廉重文兴教的唐朝彝,等等。

仰望古县灿烂星辰,最引人注目的要数潘荣,一位出使琉球的正使。明天顺六年(一四六二年)三月,琉球国中山王尚泰久去世,世子尚德使人来明朝报丧,请求按外交惯例,册封为王,也就是说,没有明朝的正式册封,世子尚德哪怕继承王位,也是不正当的。潘荣便受朝廷指派,充任册封正使,持诏书渡海前往琉球国,对尚德进行册封。这一史实说明琉球与中国的关系密切,很长一段时间,它一直是中国的附属国。潘荣到了琉球后,除完成皇

古县大庙屋顶精致的剪瓷。图/王火炎

古庙前是居民活动话仙的场所。图 / 王火炎

很多店面至今仍沿用古县这一老县名当店招。图 / 王火炎

古县

　　先有龙溪,后有漳州。早在一千两百多年前,古县就是县衙衙址所在,现为古县大庙。古县作为龙溪县衙的历史,比漳州设州治的历史整整早了一百四十六年。谓其古县,名符其实。有意思的是,尽管官方文献中也屡屡出现"古县"的地名,但古县从未作为行政区划存在,它只存留在人们的记忆中。古县是郑成功的祖籍地。

帝交办的册封大事外，还考察琉球各地，写成《中山八景记》，让政府与民众对琉球有更多的了解。

朱熹在白云岩讲学，虽只有一年（一一九〇年），但其对古县教化的影响不容小看。白云岩是古县的一座山，朱熹任漳州知事时，便在白云岩上开办学堂，亲授四书五经，听众纷至沓来，形成很好的读书风气。而今，朱熹早已驾鹤西去，但他为白云书院手书的"与造物游"横批和"地位清高，日月每从肩上过；门庭开豁，江山常在掌中看"的对联，还激励后来者"人在书斋，心系天下"。

到古县走访，"心系天下"的人并不少见，迎面而来的农民，你都可能要刮目相看。

七旬郑志鸿，就是一位让我惊喜的古县人。郑志鸿对古县历史了如指掌，对古县土地充满深情厚谊。只要是发掘和弘扬古县历史文化的人，任何时候找他，他都热心介绍，倾囊相授。在古县时，他带我走了许多地方，见到他对古县的古往今来如此熟稔，且讲一口流利普通话，写一手漂亮的繁体字，我便问："老郑，您退休前是在文史部门工作吗？"他朗朗大笑："我是在广阔田间工作的，我的农龄已有七十年！"哦，原来，他是位农民！只是出于对古县的热爱、对历史文化的热爱，他便几十年不倦地收集古县的历史素材，不管是编志还是外宣，他都乐于当义工。

古县丰厚的历史文化土壤栽培了一批又一批人才，反过来，他们又反哺古县，让这座千年古县老当益壮。

多彩古县事

走进谢太傅庙，迎面就是一副对联"优游却壮骑三千，一局棋中早已运筹决胜 精锐破雄兵百万，八公山上谁不服教畏威"，好豪迈！大有"谈笑间，樯橹灰飞烟灭"的气概！

楹联描述的是谢安领导的淝水之战，淝水之战是世界军事史上著名的以少胜多的战役。庙中供奉的主神就是谢安。这个战役发生在北方，谢安并不是闽南人，为什么古县会有这样一座建筑工艺精湛、香火缭绕不绝的谢太傅庙呢？

原来，陈元光开漳时，把谢安的香火带过来。宋朝时，古县人便建庙宇供奉谢安，之后把谢安的侄子谢玄等的神位也请来。

谢太傅庙的壁画工艺和剪瓷工艺都令人叫绝，庙里还藏有不少文物，其中有蔡新转送给郑玉振的黄凉伞一副及鸾驾半副。蔡新，漳浦人，清代文华殿大学士，与郑玉振是儿女亲家。在得到皇帝赏赐后，觉得受之不起，也担心继任者怀疑他有反上企图，一生严谨的蔡新便在回乡省亲到古县看望女儿时，把上述恩赐通过郑玉振转送给谢太傅庙。蔡新还到谢太傅庙拜谒，回京后又奏请乾隆追封谢安为"广应圣王"，所以，谢太傅庙也叫"广应圣王庙"。

谢太傅庙是古县的中心，庙前就成为集市，每天人声鼎沸，集市加上菜市场，异味冲天。久而久之，古县人都觉得俗气影响神威，便另辟新地，把整个集市迁走。我到谢太傅庙拜谒时，所见前庭已是清静之地。

古县是多种信仰之地，不只佛教，当地人也较早接受了天主教。清光绪年间，古县发生一起教案，名为"古县教案"。一九〇三年，古县天主教徒郑维挖了一口井，村民认为此举砍断了古县龙脉，双方产生激烈的冲突并有人员受伤。天主教对清廷施压，迫使古县村民赔款一万多两白银，这些赔款摊到每个村民头上，天主教还划了一块地建教堂。"古县教案"的发生及结果，揭示列强对中国的欺压，又说明天主教在古县的势力之大，但传教士带来西方文明并深刻影响当地文化，这也是不能否认的。

古县还是兵家必争之地，位于古县中心点上的庵前村土楼曾发生过一场血战。清顺治九年（一六五二年），郑成功以古县为据点，大举进攻漳州，时值十月，据说，郑军发射大炮时，风力正从漳州吹向古县，官兵的双眼都被炮灰遮住，郑军大败，只好退据海澄。这一战，郑军损失黄山和洪承宠这两员大将，但因为郑成功在古县老百姓心中享有威望，老百姓便把黄山战死的地方称为黄

古县仍遗留有郑成功军队过去屯兵的四方土楼。图 / 王火炎

在四方土楼内生活的村民。图 / 王火炎

茭白种植是村民的经济来源之一。图/王火炎

山埔，把洪承宠战死的地方叫洪坑桥。土楼成为人们缅怀郑成功之处。土楼有内外楼，因年久失修，有几处坍塌，但里外两道大门几乎无损，楼内还住有两户人家。土楼究竟建于何年，不得而知，但现存的一块碑记载了清乾隆五十二年（一七八七年）的重修过程，这块碑难得幸存。"文革"期间，谢太傅庙被当作仓库，土楼重修碑被当作废石压在库底。"文革"结束若干年，谢太傅庙重修，清理杂物时有人发现这块土楼重修碑，幸运的是，这位村民认得碑记内容，如获至宝，于是古县人便把土楼重修碑镶嵌在墙壁上展示。

浓浓古县韵

在古县驻村时，我还去了位于古县的颜厝中心小学。刚进校，就听到喧天的锣鼓声，绚烂的凉伞舞得人眼花缭乱、心花怒放。

大鼓凉伞，是年代久远的民众艺术表演。一般认为这大鼓凉伞发源于明嘉靖年间的抗倭斗争。明嘉靖四十三年（一五六四年），戚继光率军到东南沿海扫荡倭寇，得胜后，漳州民众欢欣鼓舞，敲锣打鼓，抬着猪羊犒劳戚家军，这时下起滂沱大雨，戚继光赶紧命士兵为百姓撑伞。所以，尽管下着大雨，军民水乳交融、热情浓烈，打鼓的民众、撑伞的将士，忘情地踩着鼓点，载歌载舞……军民共舞在漳州大地上发展出荡人心魄的传统民间舞蹈——大鼓凉伞。

古县是大鼓凉伞最盛行的地方，自古至今，从未改变。

古县的大鼓凉伞能够流传下来，与古县人注重传承分不开。村子里那些体格健壮、血气方刚的男青年往往先被挑作男主角扮演武士，长相俊美、身段健美的姑娘同样受器重，她们常作小旦打扮，舞动凉伞，配合鼓阵，刚柔相济。无论男女，都是农时忙农活，闲时跳舞。最可贵的是，古县不少小学都有大鼓凉伞队，队员们学习之余全用以排练表演。

古县还保留了不少习俗，比较有名的是"把灯祝福"和"打草排节"。

每年的元宵节，村中的新婚夫妇都会相携来到祖庙致严堂拜祖点灯，从长辈手中接过"孩儿"花灯，表示接受传宗接代的重任和祝福，祈祷新人早生贵子。这个时候，族人们纷纷聚集到祖庙看新娘，欢迎大家庭里多了位亲人，新娘也通过这个场合认识长辈族亲。

打草排节，则是表达对先辈的感恩、敬重与追思。村民们结草为筏，把纸人立在筏上，草筏漂浮于水上，众人一齐打草筏。这个习俗来源于林姓开基祖结草为筏渡江的典故。传说，先辈们渡江时每遇水贼侵扰，都要奋起抗争，最终才有立足之地。今日习俗里的"纸人"就代表水贼，往深里说，更代表生活道路上的艰难险阻。打草排节通过再现当年的场景来继承与弘扬历史传统。

古县古庙多，但最叫人难忘便是移动木庙兴福堂。兴福堂与古县几乎同岁，有一千四百多年的历史，初建时是固定建筑，何时变为移动的，不得而知，但据村中耆老介绍，古时候演戏酬神，庙前空地有限，展不开，于是便把原庙缩成木庙，并且可搭可拆可收。木庙平日是收起来的，王爷公生日当天才搭建。为了方便搭建，村民们还特意在木材上做记号，或以文字、数字为标志，或以颜色区分正反面。尽管是移动庙，但制作工艺依然很讲究，画龙绘凤。

尽管新村建设也在进行中，但古县人依然注重在建筑关节点上展示古县风韵，比如，各家门店的店招上均打上"龙溪古县志"印章，不动声色地提醒外来者，你走进的是千年古县哦。

在洪塘村,至今沿袭着磕尪习俗。图 / 林财民

颜厝磕尪习俗

　　颜厝镇洪塘村流行"磕尪"这一民俗活动,村民抬着三国时蜀国大将廖化的神像以及唐代开漳圣王麾下辅胜将军的神像,在沙场上来回碰撞,以此祈福。

　　"磕尪"活动源于明末清初时期的一个历史典故:郑成功的部将刘国轩,于洪塘计歼清军贝勒王夫妇及数万名兵士。洪塘村人害怕兵士的亡灵兴风作浪,于每年正月十二,即消灭清军这一天,家家户户备办丰盛的祭品,进行社祭,抬着神像从相反的方向对冲而来,镇压冤魂。

　　活动现场,场地两端,两尊红脸神明端坐木轿椅上。红袍者,乃三国时蜀国大将廖化;蓝袍者,为唐代开漳圣王陈元光麾下的辅胜将军。四人一队,前后各两人,抬起四百多斤重的神像轿椅。两支队伍,抬着轿椅在水平方向相互碰撞,摔倒的一队为输。这便是比赛规则!

　　"磕尪"民俗活动沿袭至今,已有三百多年历史。二〇一〇年,"磕尪"成为漳州市非物质文化遗产。二〇一三年四月,洪塘"磕尪"表演,亮相中央电视台《乡村大世界》栏目;二〇一五年十月,台湾日月潭文武庙诚邀"磕尪"艺团到台湾地区进行艺术交流。这些年来,颜厝一改闽南女子不抬神祇的习俗,活动中特别增设女子组比拼环节。

\浦西堡\

小小的堡，伟岸的城

二〇一七年春天的早晨，我走在浦西堡的青石板路上，竟想起台湾地区诗人郑愁予的诗歌："东风不来，三月的柳絮不飞，你底心如小小寂寞的城……跫音不响，三月的春帷不揭，你底心是小小的窗扉紧掩。"

这座周长只有四百五十米的石头城堡，却有四百五十七年的历史。它位于龙海市港尾镇城外村城内社，与我的家乡港尾镇梅市村仅几公里之距，可我从未听过长辈们提起它，长辈们更不曾把它作为有历史价值的古城堡向我们这些晚辈推荐。或许，在许多年里，它只是被当作普普通通的石头城，任由其在时光里破败。

邻县漳浦的赵家堡吸引到的目光比浦西堡多得多，无论是官方还是学界或者民间。赵家堡是南宋亡国皇裔后代流亡避难隐居的古城堡，事实上，它的历史比浦西堡还少三十九年。

也因此，当浦西堡的历史价值被挖掘出来时，人们津津乐道最多的是，它与南宋亡国皇裔有难解难分的关系。浦西堡的先祖黄天从是南宋逃亡皇族赵若和的护臣，宋末元初，他护送着赵若和一路逃到港尾银坑，改赵为黄，在此隐姓埋名，就地开基。

但是，当深入浦西堡进行田野调查时，我发现最值得浦西堡引以为傲的

黄开盛古民楼。图/刘振祥

城堡内的古民居建筑，结构以石基为主，石木瓦结合。
图/林世泽

并不是它的主人与南宋逃亡皇族难解难分的关系，而是它"筑堡抗倭"和"闯南洋"的辉煌历史。

一败再败的逃亡史有啥好一说再说呢？与南宋逃亡皇族的关系，只能说明浦西堡先祖从何而来，"筑堡抗倭"和"闯南洋"却揭示了黄氏族人大无畏的民族气概和开拓进取的勇气与眼界。因为有这两者，小小的浦西堡，一下子成为伟岸的城。

筑堡抗倭

哒哒的马蹄声由近及远，时光仿佛一下子回到宋末元初。相传浦西堡先祖黄天从父子正护送南宋皇族赵若和及家眷，躲避元兵追杀，一路南下。赵若和乃宋朝开国皇帝赵匡胤之弟赵匡美的第十世孙。黄天从父子也出自宋代名门望族，娶的妻子也都是皇室，所以赵若和与黄天从既是主仆又是亲戚。

这支逃亡皇族，走水路时，在浯屿岛附近遇大风袭击，十六艘船只，十二艘顷刻葬身大海，余下的四艘，赶紧强行登岸。所幸，赵若和及家眷、黄天从父子就在幸存的船上。他们登岸的地点，就是城堡东端的浦东银坑，也就是今天的龙海市港尾镇城外村城内社。

为保存赵氏身家血脉，黄天从父子将赵氏改为黄姓，就地开基，过上隐姓埋名的逃亡生活。

忍辱负重的生活过了整整一个朝代，直到明朝年间，赵氏后人才得以复姓。明洪武十八年（一三八五年），御史朱鉴处理赵若和孙子黄明官同姓通婚案，查阅族谱得知当事人黄明官乃赵若和孙子，遂奏报朝廷，为黄明官等族人恢复赵姓。直到一六六〇年，赵若和第十世孙才在漳浦建赵家堡。

如果说建赵家堡是为了寄托对宋代汴京的思念，建浦西堡可没有那么诗情画意，取而代之的是壮怀激烈，而这精神气质正是赵家堡无法企及的。

浦西堡比赵家堡早建三十九年。明嘉靖年间，倭寇横行，极大地危害福建沿海民众的生命财产安全。在韬光敛迹数百年后，黄氏宗亲血脉偾张，黄天从第十一世孙黄深魏奋起，率族人于明嘉靖四十年（一五六一年）在城内社始建浦西堡。

这座总面积不到一万六千平方米的古城堡，拥有四百五十米长、三米宽、六米高的城墙，城墙全用条石、片石、卵石砌成，十分坚固。整个城堡防御十分严密，比如，城墙上按一定距离建数个谯楼，城墙上开有数百个炮眼孔，城堡内筑有四条七级登墙堡石梯，开有东西南北门，西南交界处筑有水门，各个门上还建有城楼。而今，谯楼、炮眼孔、城楼等设施都已废弃，四个城门保存完好。站在城门入口，黄氏后代黄秀珠抚摸着坚固的门当，自豪地对我们说："我们的祖先，曾四次击退倭寇、匪贼的侵略，不损一兵一卒。"这位城外村的妇女主任说自己是从浦西黄氏族谱上看到这一记录的，但她说，村里大人小孩都晓得祖先的这一光辉战绩。

站在狮山顶上，俯瞰浦西堡，不禁惊叹黄深魏的战略眼光。浦西堡地处山高坡陡的狮山南面，浦西溪北岸，依山傍海，地势险要，易守难攻。整个浦西堡呈阶梯式，由低至高。远看，雄伟壮观；近观，严密有序。不仅如此，狮山上还建有第二道防御体系——另一个围城，周长约二百五十米，城高三米，宽两米五，也开有四个门，城内有练兵场，有瞭望台等设施。这个围城是浦西堡的配套工程。

见证闯南洋

浦西堡并不只是防御工事，它还是黄氏家族世世代代居住的城堡，堡内有五十余座建筑，三百五十多间房间，其中最出众的是黄开盛故居，当地俗称"番仔楼"。

与堡内众多闽南传统民居有别的是，黄开盛故居是中西合璧的二层楼房。主体建筑材料仍为闽南红砖，但建筑手法以西洋为主，最具代表性的，有拱券长廊、方形柱式、瓶状栏杆，还有如火焰般的门窗山花。该建筑的所有方柱柱头都灰塑成花形各异的荷花，想必主人特别喜欢荷花。

古城堡东门。图／林世泽

　　黄开盛何许人？在我们没能查找到更多文字资料时，其儿媳妇用只言片语为我们展开他短暂但又精彩的人生画卷。清末民初，浦西堡黄氏族人走出世世代代居住的城堡，下南洋去了，其中就有黄开盛。在南洋创业时，浦西堡的家中留有妻子和三个儿子，当事业有所成，黄开盛迫不及待地携着银两回浦西堡建楼，以报答守在家中含辛茹苦的妻儿。

　　黄开盛故居，坐北朝南，分上下两层，主楼副厝前后二进，占地面积约六百二十平方米，总建筑面积约三百四十平方米。从这座番仔楼的细部装饰之考究就可见黄开盛的财力与品位。两面规尖灰塑、三杜屏、四横眉等都是精雕细刻的艺术精品。何谓规尖灰塑？指的是楼后厝"两伸手"的山墙规尖部位，灰塑栩栩如生的龙虎和寓意深刻的书画，"两伸手"在整座建筑中属于较次的部位，尚且如此讲究，那些正厅、门面等部位就更是追求极致，比如三杜屏，指的是楼上下层与后厝太师壁上的隔扇，便采用多达三种的雕法——浮雕、透雕、镂雕,以木雕为主,最后是鎏金。可以说,黄开盛故居的建筑艺术,在我的家乡港尾镇的所有古建筑中属于最高水平。

可惜黄开盛并没能在这座承载起他的人生故事与志趣追求的番仔楼住多久,四十九岁时,他在南洋英年早逝。从挂在墙上的遗像可以望见他西装革履、风流倜傥的模样。

现年九十岁的蔡文斌女士,于七十二年前从安溪县嫁入这座番仔楼,公公黄开盛已经去世,尽管住的是番仔楼,但没有南洋侨批的婆媳两代人过得十分清苦。婆婆拉扯大三个儿子,蔡文斌和丈夫也接连生五个儿子。婆婆是个坚强的女人,她罩着全家一二十口人,艰苦度日。关于公公,蔡文斌所了解的都是婆婆讲的。

当然,两次有惊无险的变故是蔡文斌自己经历的。一楼正厅左右墙壁,分别有一面年代久远的花镜,两面花镜经历了两次事故,都发生在解放战争年代。在兵荒马乱的年代,这座房间多多的番仔楼,常常成为官兵寄宿的地方。一次是国民党官兵来了,一个士兵擦枪走火,子弹飞过蔡文斌的头顶,打中左壁花镜,花镜裂开,但未破碎,至今还悬挂在墙壁上;另一次来的是解放军战士,他们夜宿番仔楼,点了蜡烛,把蜡烛搁在右壁花镜的镜沿上,第二天天亮时,蔡文斌按往常那样擦拭镜子,发现,右壁花镜也裂开了,烛火把镜子慢慢地烧裂。

左壁花镜裂开时,蔡文斌心惊肉跳;右壁花镜裂开时,她心疼不已。因为两面花镜都只裂不碎,她也就没把花镜取下来,由着它们留在墙壁上,面对面,照见番仔楼的过往今来。

优雅的老人

除了少数番仔楼外,浦西堡的民居以传统的闽南红砖建筑为主,即"红瓦、粉墙、青石、双翘燕尾脊"。

浦西堡最多住有上万居民,而今,年轻人都往外建屋了,所以,留在堡

怀古

浦西堡

城堡里的民居曾经保护过赵宋皇家后裔，坚固的带围墙的城堡和小围城则有效地保护城内居民免遭倭寇侵袭，明嘉靖四十年（一五六一年），由浦西黄氏十一世孙黄深魏率族人所建的浦西堡，是屹立了四百五十七年的忠义传奇。

如今的浦西堡，人迹寥寥，多为老人，节假日期间才能看到小孩的面孔。图/刘振祥

留守城堡内的老人。图 / 陈学圣

内居住的多为老年人，八九十岁的不少。

九旬老人蔡建斌说她特别喜欢住在堡内，冬暖夏凉，安静闲适。白天听听收音机，她以收听台湾地区的闽南语广播为主，比如"陈医师讲古"，还有"陈三五娘"歌仔戏，当听说台湾地区著名主持人猪哥亮已去世，老人很难过。收音机听累了，她就拿个小凳子，坐到屋前的田地里拔草，也算是运动运动。当我们一行来到她的居所"黄开盛故居"时，她正坐在正厅的沙发椅上，怡然自得地听着收音机。对于我们的突然造访，她并没有任何的厌烦，而是始终微笑、慢条斯理地回答我们的各种问题，答不上来的，她也是微笑着摇摇头。一副久经风雨后的风平浪静。

正谈话间，有两位穿淡淡花衣裳的奶奶来找蔡建斌串门，一位是八十五岁的江燕窝，另一位奶奶也有八十岁，但她对自己的姓名保密得很，不说，闲聊中，我们知道她是印尼归侨。两位老人坐在蔡建斌身边，她们讨论起整治房前屋后的荒废猪圈，"要种瓜种豆，有活干，又有菜吃，还能绿化"，她们很快达成了一致。

住在堡里的老人家，平时互相照应，晚辈就住在堡外的新房里，也有晚辈想接长辈过去一起住的，但这些老人舍不得居住几十年的老屋，晚辈们一日三餐都会把做好的饭菜送进堡里给老人吃，但不少老人他们更愿意自己做饭，如蔡建斌老人，她有十一个曾孙，个个孝顺，但老人无论如何要自己做一日三餐，她只需晚辈帮她买好米和菜。坚持自己动手做事，恐怕也是她长寿的秘诀之一吧。

我们一行中有台湾地区著名人物艺术摄影家刘振祥，他连续三四年拍摄云门舞集。见到这么多洁净、闲适的老人，这位热爱乡土文化的摄影家高兴得像个孩子似的，"阿嬷！阿嬷"，欢快地叫着，他的相机拍个不停，也请其他摄影家帮他与阿嬷们合影好几张。

我们都不约而同地感到，浦西堡的阿嬷们，与外界所见很不同，恬淡、闲适。她们身上的优雅气质，难道与几百年前的南迁皇族有千丝万缕的关系？

恰若青石的街道向晚……

普照寺。图／林财民

南太武山下的普照寺

　　普照寺位于龙海港尾镇，坐落在南太武山脚下，面向大海与厦门岛相望。与全国其他寺院建筑风格相比，大相径庭，别具一格，它摒弃了传统寺庙燕尾飞檐黄瓦红墙的建筑特点，而成为全国独具中西合璧现代建筑风格的寺庙。

　　普照寺寺如其名，一片黄澄澄的屋顶将周围的群山映得暖洋洋的。黄色建筑群集中在山门，有着浓郁的泰国风情。黄色建筑群——普照楼、海会楼等，给人清静高远的感觉。

　　据说，修建漳州龙海普照寺的是游历东南亚诸国的高僧释广玄。释广玄法师原本出生于龙海卓岐村，自幼家贫，后在南普陀出家。曾修学于闽南佛学院，后应邀前往马来西亚槟城极乐寺当住持。因为他以慈悲为怀，广结善缘。更感恩于南普陀寺为出家地，遂以南普陀寺旧名普照寺广建寺庙。

　　他一生共建了五座普照寺，前四座分别在马来西亚、新加坡、菲律宾和印尼。龙海普照寺是他建造的第五座普照寺。他长期游历东南亚，将佛教教义理解为开放体系，因此普照寺的建造融进大量的海外色彩和风情。普照寺的每栋建筑都有独特的主色调，相同色调的建筑形成建筑群。它们依山就势、错落有致、五彩斑斓、光彩夺目。

\镇海卫\
冷兵器，热心肠

镇海卫绝不只是一个村子，其范围与影响力远远大于镇海村。

历史上，镇海卫辖漳浦县的六鳌、东山县的铜山和诏安县的玄钟。这意味着，漳州东南沿海漫长的海岸线及其附近的村庄与人民，都在其管辖范围内。这是在距今六七百年前，它在历史上的显赫地位持续了近三百年（一三八七年至一六六一年）。

一三八七年，镇海卫作为明朝卫所出场，一六六一年，它因为清廷迁界而被毁。但如果您觉得它的影响力从此完绝，就大错特错了。的确，镇海卫作为威镇海疆三百年的东南卫所，到一六六一年就一蹶不振，但它的影响绵延不绝，无论是教育还是民俗、信仰，镇海卫的遗风处处都有。

今天，当我背起行囊，走进古老城堡，走进明清街巷，住进海风呼呼响的民居时，我感动地发现，镇海卫遗风深入一砖一瓦的缝隙里，渗透进许多民众的骨子里。

在镇海卫驻村，我仿佛穿越时光隧道，回到六七百年前，隧道的那一头，我触摸到冷兵器，也感受到热心肠。

故垒雄关今犹在

明洪武二十年（一三八七年），江夏侯周德兴领明廷之命，来到福建沿

镇海卫城门。图／林世泽

海建卫所，以扫荡倭寇，巩固东南海疆。一年内，周德兴一举在福建兴建了五个卫所，其中就有镇海卫。

镇海卫下设三个千户所，即漳浦县的六鳌、东山县的铜山和诏安县的玄钟，兵力近万，威镇近三百年。

二〇一七年冬天，我再次来到镇海卫。而我最早走进这个声名远播的卫所遗址是在二〇一〇年，此后，我多次前来，几乎每次我都会来看看那几个城门、牌坊和古街，每看一次，我都会不由自主地祈祷——时光利剑温柔些再温柔些，尽管我知道这样祈祷是多么的苍白无力。

隆教乡宣传委员戴昕炜用他的车子载我来到镇海卫，路上，这位八零后小伙子告诉我，前阵子，北京来了专家，住了很久，天天勘探古城墙，想方设法要保住这个在历史上拥有举足轻重地位的卫所遗址。值得一提的是，镇海卫已于二〇一三年入选全国重点文物保护单位。

在镇海村口，我见到七十二岁的黄一留老人和四十岁的村委桂伟成，接下来，他们一路带我重走镇海卫，两位都是土生土长的镇海村民，也是六七百年前驻守镇海卫所官兵的后裔。

北门就在离村口不远的地方，但早在二十世纪六七十年代因海防建设需要而被封，所以，迎接我们的是一堵长草的土门。尽管被封，但传说不减，据说，北门附近有一天锁，内藏宝剑天书，只是在芳草萋萋深处，我们没能找到那锁眼，也就无法见到传说中的宝剑天书。

东门还开着。但历史上的东门却常是紧闭的，因为发生过倭寇和强盗从东门侵入的事件，便闭东门，开水门。《镇海卫志》还如此记载"东门开，石狗吠；金鸡啼，贼又来"，可见东门在历史上遭遇过多次险情。

南门是保存最完整的。它实际上是两重门，形成瓮城。倭寇和强盗若从南门上岸，进入第一道门时，门关了，在第二道门前吃闭门羹，敌人进退无门，便成瓮中之鳖。而今，瓮城里没有"鳖"，只有生机勃勃的田野蔬菜，傍着瓮中的一座土地庙和住在庙里的土地公。

镇海卫

因为山势，因为海潮，更因为镇海自古以来就是海盗倭夷屡屡劫掠行凶之地，建于一三八七年的镇海卫，是明代福建沿海抗倭御敌的重要卫指挥所，与威海卫、济南卫、天津卫并称"明代四大古卫城"。镇海卫位于南太武山麓，鸿江之滨，虽地处偏僻，但在明代却管辖南至广东汕头、北至福州马尾的漫长海岸线。

镇海卫现在常住人口多为老人。图／林世泽

镇海卫的古榕 图/刘阳

站在南门城头,一望无际的东海就在眼前。远处,渔帆点点,近处,镇海湾,海上成田园,海带、紫菜、海蛎正迎来收获的季节。

蓦然回头,我看到著名的南街,今天清静的南街,在明清时期,可是熙熙攘攘的,两边店铺林立、商业繁华。镇海卫因大规模建设,给自己带来很多的商业机会,其腹地便出现商业街,先是东门街。商业街率先出现在东门,主要是因为东门是下海的通道,又是文庙所在,随着卫城向外延伸,南街也随之被开辟。而今,东街已倾,南街犹在。只是门面紧闭,人们只能从门缝中去试图窥见过往。

距古卫城东南一公里半的镇海角,有座灯塔,这是中国自行堪察、设计、建造的第一座全天候多功能现代化大型灯塔,它再次提醒我,这里不仅是重要的海防前线,还是重要的海上交通要道。镇海角与台湾地区浊水溪的连线为东海与南海的分界线,灯塔对于保障闽东南海域及台湾海峡西海区的海上交通运输安全畅通极为重要。

当天下午，我在隆教乡职工、镇海人桂秀玲的带领下，来到镇海角，镇海角由北向南插入海中，因南端形状似旗杆尾枪头，北连旗尾山，所以，镇海角又名旗尾山。从镇海角望镇海卫，只见整个卫城仿佛从海上跃出，十分雄奇，其地理位置之险要，一览无余。

他乡成故乡

镇海村现在户数为四百五十户，人口近两千，却有三十六个姓，其中，黄姓是最大姓，黄姓人口五百多人，约占全村人口的四分之一，其次是桂姓、陆姓、林姓、宋姓、李姓。

更早前姓更多，有五十多个，如此多姓，在龙海的其他村庄中绝无仅有，在闽南地区也十分罕见，这一奇特现象与镇海卫所密不可分。

建卫所的过程，实际上是大规模的军事移民，镇海卫也不例外。其官军来源复杂，武官多来自从征的外省人士，军士主要来自本省，当时朝廷在福州、兴化、漳州、泉州四府征兵，三丁抽一为沿海戍兵，镇海卫成为庞杂多姓的社区。比如，林姓开基祖林雨润，是明朝进士、御史，由浙江省迁入；陆姓开基祖陆鳞，是仪征人，明正统年间任镇海卫指挥佥事；桂姓开基祖桂福，江都人，明宣德年间任镇海卫指挥同知；徐姓开基祖徐文，扬州人，明成化年间调任镇海卫，等等。

卫所军户，第一代对原籍还有密切的联系与强烈的认同，但三世成族，后裔在驻地成长，很多都不再与祖籍地联系了，原籍意识越来越淡，驻地的山山水水、一草一木却融入生命过程，化为意识。第一代军户移民时，把镇海卫当作他乡，他们的子孙后代把这个他乡当作故乡。

他乡成故乡的情结从许多外迁的军户后裔在书写乡贯时显露出来。明代时镇海卫共出了三十六位进士，大部分是军籍出身，尽管祖父辈都来自外地，但他们在书写乡籍时不约而同地写上"镇海卫"，比如著名学者周瑛、林文焕。

挑笋的老人。图 / 林世泽

住久了，习惯了，跟古卫城一起慢慢变老。图/林柏樑

这透露出进士这一群体对镇海卫的强烈认同感,表明镇海卫不只是军事堡垒,还是军民共同的社会生活空间。

镇海卫的发展过程中,军户与民户的通婚非常普遍,军户很好地融入在地,军事堡垒社区化加速,军民关系相当融洽,这些对于海防巩固及良好社会风气的养成都很有帮助。

军户后代也有部分移居外地繁衍生息的,但无论走到哪里,他们一样把镇海卫当作自己的根。清顺治十八年(一六六一年),陈寅娘和丈夫带着孩子渡海到台湾地区,落籍台南县榕树脚,其子孙后代遍布台湾地区,其中以台南安平区元龙堂陈氏家族最旺,早在一九八七年,两岸开放探亲之初,他们就曾组团回到镇海村寻根问祖。在澎湖列岛的白沙乡,也有个村子叫镇海村,由黄姓等镇海人移民而成。

尽管杂姓而居,但镇海人家乡观念重,老乡间互帮互助的风气盛行。我曾认识的一位桂姓前辈,在厦门工作,不仅对来自镇海卫的同乡,而且对我们这些来自龙海的同乡,都很关心。我的一位来自镇海的同事,工作前几年,所得工资,除吃用外,全存起来,回镇海卫给父母盖别墅,在当地传为美谈。这桩美事发生在十多年前,而这次我到镇海卫驻村,乡人又主动对我说起它。

卫学遗风代代传

陪我走访的黄一留老人,因家境贫寒只读到初中就回乡务农,但几十年来,无论日子多么寒酸,他一日不离书本。"都读哪些书呢?"我很好奇。老人说:"什么书都读,天文地理无所不读。"难怪当我提出要访问较了解镇海卫文化历史的村民时,宣传委员戴昕炜一下子想到他。

坐在龙眼树下,老人忆起自己的祖父辈。"我爷爷是教书先生,听说,当年,全村的孩子他都教过。我父亲是赤脚医生,懂许多草药,经常为村民治病,对付不起药钱的村民,他一样热心看病。"

镇海卫重视文化教育的风气由来已久,可追溯到卫学的创办。

明景泰年间，后来成为一代理学名臣的军生周瑛中了举人，这成为镇海卫积极推动卫学创办的动力与契机。在卫所里创办卫学，可不是办一个私塾乃至办一所学校那么简单，它牵涉文庙、学宫的建设，学官编制的落实，生员廪膳经费的筹措等诸多方面，需要得到中央到地方各级官员的配合。

中了进士后，周瑛历任广德知州、南京礼部郎中，直至四川布政使。周瑛的先祖卫戍镇海，出身军籍的周瑛早已把镇海卫当作故乡，所以，虽然当官都在外地，但他尽其所能协调各方力量，推动镇海卫设立卫学。随着卫学的设立，镇海卫人，无论军生还是民生，其受教育权就得到制度的保障，从而拥有一条上升的通道。小小卫人，入了卫学后，即成秀才，便可以参加乡试，成为举人，还可参加会试，去中进士。特别是镇海卫的生员后来又获得廪膳生员的资格，一生员每月可获得国家六斗米的奖励，大受鼓舞，求学者不断。每次秋试考选秀才时，辖区内的书院生员、私塾生员，纷纷赶赴镇海卫，附近的红星村还出现顶学馆舍，用来出租给备考学生，解决他们的食宿。

卫学还在各卫所里设书院，比如，在铜山所设南溟书院，在六鳌所设崇正书院。各书院名师云集，镇海卫的东瀛书院还配有教授，其中最有名的就是范英，他和训导吕大宾为镇海的兴文重教贡献良多。

因为卫学的创办，镇海卫在两三百年间人才辈出，如理学家黄道周就出身于铜山所，仅明朝一代，镇海卫就出了三十六位进士、八十五位举人，人才培养出现如此空前盛况，在闽南地区是绝无仅有的。

六七百年后的今天，虽然我们连东瀛书院的遗址都找不到，但兴文重教的风气仍弥漫在镇海村这个小小的村落里，据村委会委员桂伟成介绍，今年高考，镇海村有十位学子参加，全部考上大学。一旁的黄一留老人忙补充道，整个隆教乡有十所小学，每次期末考试，镇海小学的成绩总是第一名。

城卫昔时见惠，隍灵今日闻人

小小的镇海村处处可遇庙宇，南门有妈祖庙，北门有东岳庙，西门有七

镇海角灯塔。

娘妈庙，东门有玄天上帝庙。若要数年份早、名气大，城隍庙却是鳌头。

城隍庙位于村里的鼓山前，建于明正统十三年（一四四八年），即镇海卫建卫六十年后，正值镇海卫兴盛。与许多卫所的命运一样，它在清顺治十八年（一六六一年）迁界时不可避免地遭到损毁。十九年后的康熙十九年（一六八〇年），镇海村民又在原址废墟上重建，此后又经两次大规模修葺或重建，一次于一九四二年，另一次于一九九七年。

城隍庙，庙小神灵。其建筑面积虽只有九十平方米，却是整个镇海村乃至附近地区许多村民的精神信仰。求财，求子，求学，求平安，不管祈求什么，都来找城隍爷。

农历五月二十七日，是城隍爷的生日，村民们请来歌仔戏团，唱戏酬神多日，同时舞龙舞狮，锣鼓喧天，好不热闹，连幼儿园小朋友都来给城隍爷献花呢。

除夕夜，村民们成群结伴地来和城隍爷一起迎新年，尽管天寒地冻，许多人都满心欢喜地在庙前大埕席地而睡，以感谢城隍爷的灵愿。扛不住冻的村民，也会尽量坚持到晚间十二时才离开，他们觉得这也是陪伴城隍爷过年的方式。

事实上，镇海城隍庙之所以成为全国重点文物保护单位，并不只因为它是民众的信仰所在，更因为它承载着厚重的文化价值。

走入城隍庙，仿佛走进楹联的世界。中门楹联便是"镇内镇外镇宇宙 海上海下海乾坤"，霸气迎面扑来。两副藏头联也意味无穷，"城卫昔时见惠 隍灵今日闻人""龙出镇直上千丈 溪入海横流万方"。东门和西门各有横批和楹联，均是上乘楹作，忍不住再举其中一例，"山水一弦，南海东溟分界线 风云千仞，左营右寨靖氛尘"，横批"雄镇海疆"。

这些楹联，目前只知道中门楹联的作者是民国时期龙溪县自卫三中队少校队长刘继光，其余作者均不祥。这些无名者，写出如此大气磅薄的楹联，是作者本是"人杰"，还是走进镇海卫有"地灵"，令他们成为"人杰"呢？

抢孤现场。图/林世泽

隆教抢孤

在龙海的宗教民俗祭典中，形式最奇特的是"大社抢孤"，该活动已经于二〇一〇年十一月列入漳州市第四批市级非物质文化遗产名录，也是闽南一带独一无二的民俗文化活动。

大社，位于国家地质公园隆教古火山口不远处，是朱姓族人聚居地，约二百九十户，一千三百余人，仅少数村民非朱姓。大社抢孤的历史源自明朝，村里每四年举行一次建醮仪式，一般在下元节后的农历十一月，持续五天四夜。

大社的建醮和抢孤遵循传统古礼，以二〇一一年为例，掷筊请示神明后，确定十一月十四日起鼓，家家户户贴红联，竖灯篙，从这天起搭建孤棚、王爷棚、戏棚，全村的善男信女一连斋戒三天，道士们连续做三天三夜的科仪道场，芗剧、木偶戏连演三天，目的是去除污秽。十一月十七日，是"事王"的日子，所有代天巡狩的王爷都要出庙，在主祠门口做船头醮。王船要送到河滩，连同村民敬献的柴米油盐一起烧掉，下半夜开始抢孤，祭孤棚活动结束以后，道士们继续诵经超度，造布桥，把四面八方来参观仪式的神仙送回去。其中，王爷出行、抢孤的时间都要掷筊，掷到老王爷点头表示可以，抢孤时间一般都在子时。十一月十八日，道士及会首、会副还要到每家每户谢灯杆，沿着村子的四周钉路头斧府，竖路头神，让还赖着不肯走的野鬼进不了村，祈求阖社平安。

远行

过台湾下南洋
从漂流到居留
有水的地方就有人家

\ 豆巷村 \

古月港的原点

春日暖人心。

走在豆巷村的临江古街上，一派静谧。家家户户，门前悬挂竹格子和红灯笼，在春煦中，显得喜庆，又不喧闹，祥和、幽远。

老人坐在屋檐下打盹，小儿在街上蹒跚学步，猫依偎在主人的脚旁，伸起一只前足，自抹着脸庞，俨然在洗脸。偶有摩托车突突驶过，那是来给杂货店送货的，打破了古街的安静，也带来新的生意。

每走几步，便会遇到码头。码头，一头连着古街，一头伸向大海，它们时不时地在提醒我，这个小村庄，早在四百多年前，就与世界紧密联系。确切地说，当月港成为明代海上丝绸之路的启航港时，其原点便是豆巷村，月港拥有的一百个港口，其中最主要的七个港口，竟有六个在豆巷村。

为什么叫"豆巷"，而不叫别的呢？据说，"豆巷"是由"十八间豆腐巷"简化而来，这个来历，耳朵听来，鼻子似乎马上闻到那阵阵豆腐香。

一公里六码头

要走完六个码头，所费时间不多，因为它们实在太密集了，距离合起来就只有一公里。

卓港老街，骑楼整齐划一。图/王火炎

临汀古街的民居群。图/蔡××

　　溪尾码头、阿哥伯码头、店仔尾码头、容川码头、中股码头、路头尾码头，有序地排列于九龙江沿岸。从码头的密度，便可想像当年月港的远洋贸易有多发达。四百多年前，这里商船云集，繁华甲一方，以豆巷村为原点形成的月港，成为明朝中后期民间唯一的合法港口，也成为明代海上丝绸之路启航港。

　　而今繁华难觅，但历史荣光依稀可辨。伫立于容川码头，龙海海丝文化研究会会长江智猛对我说起码头的历史故事。豆巷人蔡志发到南洋经商，发财后回到豆巷，小船刚抵岸边，所带的钱财全部掉进海里，只余几枚铜板。蔡志发两手空空，感到愧对留守家中等待他归来的妻儿，尽管已到村口，他却不进家门，直接重返南洋，回去前，他把那几枚铜板悄悄地放在自家的窗台上，以寄托对妻儿的思念。几年后，他又一次携款回到豆巷，这一次，他花钱为月港修建了容川码头。

　　容川码头是包括对岸饷馆码头在内的七码头中至今保存最完整的一个。

老手艺人展示雕花门楣。图/林世泽

　　住在容川码头旁，七十一岁的老许，从家门陪我走到码头的水闸处，站在水闸旁忆起儿时所见："我小时候，码头还在使用，有小船出海捕鱼，也有载客和运货的；到我娶妻生子时，码头的船就少了，更大更新的码头建起来了。现在，这个码头，不用了，成了古董。"

　　淤泥和在淤泥上翻飞觅食的白鹭鸶，这是七码头的冬末春初的一景。七码头大部分被淤泥埋住。这是历史上许多港口的宿命，何况月港并不是以天然良港兴起的，它靠的是天时。正如月港研究专家、厦大教授李金明所言"天时大于地利"，明朝之所以选择在月港开放海禁，首要考虑的并不是港口条件有多好，而是闽南人以海为生，非市舶无以助衣食的文化习俗，"明朝政府担心，倘若海禁过严，断了闽南人出海谋生之路，势必造成动乱，危及其王朝统治"。这说明，包括豆巷村人在内的闽南人，天生就是心向大海，敢于搏击大风大浪。

乡关年月　64

豆巷村

豆巷村地处九龙江入海处，是月港古镇的核心区，更是海洋文化的重要历史遗存。这里曾经是福建与台湾交通贸易重要港口，两地往来频繁。小小的村落，留下千家百姓，不足千米的"篷巷"，有商行店铺几十家，木板拉窗一拉开便能做生意。

明代月港商船出航图。图／杨浩石

站在七码头上随便哪个码头，放眼所见，江水汤汤，四百年前的一幕幕已随着历史长河向东流。码头安静，很多时候只有风声。

古街古巷古朴民风

作为月港遗址核心区，豆巷村不只拥有六处码头遗址、两处商肆，还有多条古街古巷。

这两处商肆，一处叫港口肆，一处叫旧桥肆。

这两处商肆，旧时店铺林立，商贾云集，有铺商、店贾、牙侩、摊贩、钱柜、交引铺、寄附铺、总房，更有珠宝行、药材行、棉布行、丝绸行、杂货行、箍行、铸鼎行、糖行、丝线行、鱼行、纸行、木材行、茶行。十三行，这个地名由此得来。行走于商肆间，店面已成住家，鼎沸人声早已归静，悄悄然的。

两个商肆虽经同样繁华年代，而今却境遇不同。港口肆位于豆巷村港口至溪尾社，沿九龙江沿岸，全长四百多米。这条古街现在名声很大，因为整治，

阿哥伯码头遗址。图 / 王火炎
—
容川码头遗址。图 / 王火炎

修出红瓦红线条的明代古街模样，吸引大批游客前来怀古。旧桥肆却隐在深闺人未识，未经大动干戈，只有细细修缮，得以保住老旧真容。两个商肆遗址，刚好迎合两类人，外行的看热闹，内行的看门道。

游客蜂拥而至港口肆时，有些人，却安静而陶醉地流连于旧桥肆。旧桥肆，在西门桥西侧，从五社的篷巷至港口，沿月溪西岸从南到北，全长一千零五十米。其中最令人难忘的是"篷巷社"。

"篷巷社"，这个社名的来历有三种说法，但都与"船"有关。第一种说法，历史上，这里停泊着许多废旧船只，村民用废船上拆下来的杉木建房，形成街巷。第二种说法，这个社在很长时间里，以经营竹篷等船上用具而得名。第三种说法，篷巷的街厝历经沧桑，全部向南倾斜一二十厘米，百年来虽经历台风、暴雨、地震而不倒，整个形态如迎风不摧的船帆，又称"帆巷"。"帆"与"篷"，字面不一样，但意思相同，而且，闽南语读音一模一样。现在，"帆巷"比"篷巷"名气还大，很多时候，人们只知"帆巷"，不知"篷巷"。这三种来历都与"船"息息相关，它们默契地勾勒出"篷巷社"的前世与今生。

豆巷村八个社，不只"篷巷社"古意悠然，其他社，就社名由来，也可读出悠悠历史。

豆巷村所辖八社分别为豆巷、五社、港口、十八间、溪尾、埭内、下庵和普贤，每个地名都深远而有趣。比如，普贤社旧称浦玄，这与其地理特点有关，这个社位于海边，即"浦"，江海冲积物形成它的所在，势平、地肥、土黑；黑色即"玄"，合起来便是社名"浦玄"，雅称为"普贤"。下庵社的得名与崇敬神明有关，该社在普贤社的下游，两社都奉祀唐广惠王，所以取名"下庵社"。

徜徉在篷巷里，遇到多位鹤发童颜的八旬老人，八十一岁的裁缝先生，身体硬朗、眼睛明亮，他做了五十多年的衣服，而今仍脚踩缝纫机，熟练地穿针引线。

不只在帆巷，在豆巷村的许多角落，我时不时地邂逅白发苍苍但步态稳健的老人家，一位一百零一岁老人向我打招呼时，我不禁感慨自己走进"长寿村"。

长寿的原因有许多，但我以为，豆巷村民长寿与他们受千百年来互帮互助的风气熏陶有关。

就以"五社"为例吧。

你听过"五社抄家计"这一俗语吗？"五社"指豆巷村的港头、码头、篷巷、楼下和牛灶尾，这五个社头，紧挨着，村民和睦相处，常常互帮互助，一社有危难，其他四社村民便抄起"家计"（也就是防护器械）冲出来，挺身相助，因此，人们习惯地把这五个社统称为"五社"，以"五社抄家计"来赞美社头民风之好。

在古街古巷走访，不时有村民热情招呼我："入内啦，啉茶啦！"我在溪尾码头走访时，得到老黄的热情招呼，便走进他家泡茶话仙，我问他豆巷村有民宿吗？老黄摆摆手说："没有啊。"他接着说道："住什么民宿？住我家好啦！"我自然巴不得，与村民同吃同住同劳动，是我每到一个村庄最希望达成的。很快，老黄腾出女儿的房间，让我们入住。

一村庄三十庙宇

豆巷村不仅码头多，庙宇也多。或者说，因为码头多，所以庙宇多。从码头往村庄里走，首先遇见的就是庙宇，每个码头，必定连接着一个庙宇。除此，村中的许多角落都有庙宇，三步一庙宇。有个微型庙宇，悬在两座房屋之间的空中，村民自豪地说："我们这座是世界上最小的庙宇！"是不是最小，我无从考证，也不必去纠结，体会村民这份自豪便是。

庙宇多，供奉的神明也各有来头，其中比较大的庙宇有城隍庙、帝君庙、天后宫、水仙王庙。城隍庙和水仙王庙分别供奉城隍爷和水仙王。帝君庙供奉关帝爷，天后宫供奉妈祖，这两位神明，在闽南地区的信仰中，有举足轻重的地位。水仙尊王，可别以为是水仙花仙子，他可是护佑水上安全的仙人。

从几位神明的身份看来，便知他们备受顶礼膜拜与豆巷村民历史上出海走船关系莫大。

海澄城隍庙的大算盘。图/林世泽

庙里神明圣诞。图/黄子明

豆巷村的兴起并不只与古月港有关,早在唐宋时期,它已是海滨一大聚落,因为僻处海隅,地尽斥卤,田少人多,地产不足,人们只好出海讨生活,因此,早在一千多年前,航海商渔便成为豆巷村人的谋生手段。

行船走海三分命,古时候,以讨海为生的豆巷村民,出海前,必定会举行简朴但又庄重的祭拜仪式,祈求神明保佑安全。这一民俗在月港时期达到鼎盛,不只本村人爱拜拜,从这里出海的外地商人也来拜拜。所以,豆巷村的主要庙宇,都建于码头边上,一条小路把码头与庙宇连接起来,庙宇正对着码头与九龙江,神明目送海船离去,保佑船和船上的人们一帆风顺、满载而归。

庙宇在村舍中凸显,神明却融入百姓生活中。

现在,豆巷村民出海讨生活的已不多,但祈求神明保护的风气依然盛行,保佑孩子们会读书读好书的文庙更是香火鼎盛。

文庙位于豆巷社里,也在名校龙海二中里,或者说,龙海二中围绕着文庙建起,文庙的出现比龙海二中要早大约四百年。文庙建于月港兴起时,即明隆庆元年(一五六七年),其建筑面积两千六百七十四平方米,建筑配套十分完备,有一堂一亭二署三祠。一堂为明伦堂;一亭为敬一亭;二署为教谕署、训导署;三祠为名宦祠、崇圣祠和乡贤祠。文庙是明清时期龙海的文化教育中心。现存规模已不如当初,建筑面积仅为一千六百七十三平方米,但依然宏伟,修缮保护得好。这座坐北朝南的建筑,由南向北依次为泮池、前庭、大成门、内院、月台、大成殿。大成殿主祀孔子,当地叫他"孔子公"。在龙海二中里,孔子公天天听朗朗读书声,一定欣慰。

对孔子公的信仰,已然超越豆巷村。每回中考高考前几日,漳州各地,那些望子成龙的父母都会来拜孔子公,平日里,也不乏顶礼膜拜者,我多次到文庙,常见那些虔诚的身影。

豆巷村本就是教化久远的村庄,从家家户户门前悬挂竹格子的习俗就可见一斑。豆巷村历史上以经商为主,经商人家多住在沿街的房屋,各户人家便在门前悬挂如另一扇大门的竹格子,格子上贴福字或春联,有的还画一个大桃，有避邪祈福之意。有的竹格子上写有祖籍地，郭姓写"汾阳"，林姓写"西河"……"竹格子"也有来历，据说是朱熹守漳时，为改革漳州的粗野民风而推行的举措，意为"以隔内外，以淳民风"。

追寻唐山过台湾的足迹

月港是唐人过台湾的出发港，三百多年前，大批闽人从豆巷村的几个码头扬帆出海，渡过黑水，前往台湾地区。他们开发了台湾。

因为对月港的祖地情结，数十年来，许多台胞回到豆巷村寻根，哪怕他们的祖籍地并不是豆巷，而是漳州的其他县市，但因为祖先的航船从月港出发，他们也把月港当故乡。比如台湾地区首位获荷赛金奖的摄影家林国彰，他先后三次到豆巷驻村。

"我一直以为，想认识一个地方，就要去住在那儿，一个月甚至半年。陪伴村庄日出日落。"多年前，林国彰就向我表达到月港驻村的愿望。二〇〇九年，他第一次到厦门，先是对唐人过台湾产生好奇，在读了《闽台道》后，他发现九龙江出海口月港是唐山过台湾的焦点，萌生了一定要到实地探访的想法，二〇一二年十一月，梦想成真，我们陪同他造访容川码头、临江古街、帆巷等豆巷最具代表性的古月港遗址，那一次，他对明式屋宅前那竹格子特别有印象，犹记竹格子上写着的"格外春风"四字。"真是古意风雅！"他说。

二〇一四年九月，林国彰又一次前往豆巷村，只不过，这一次，他独自一人慢慢品味月港风韵。他对一公里内竟有六个码头感到不可思议，便一抵达就雇了摩托车先把六个码头跑一遍，然后慢慢地一个个拍过去。只是在江边沼泽地，他太醉心于拍照，崴了脚，肿痛得厉害，但豆巷村的古意风光让他停不下来。这一次，他收获颇丰，打渔上岸的青年、背对帝君庙的赤背老人、吆喝喂鸡的妇人、戴斗笠骑脚踏车的牙医、在堤坝上练车的小兄妹，一一入镜。

驻了两次村，林国彰还是嫌不够，二〇一六年，他再到大陆时，不忘再

正梳妆打扮的芗剧演员。图 / 游泽方

去豆巷村。前面两次，他总觉得遗憾，看到江中水草蔓长、淤泥堆积，他惆怅地问我："这如何行船呢？"他难以想像历史上那大江大河以及从月港启航的鳞集海船，而今却是废河不可渡。所幸第三次驻村，填补了他的遗憾，让他对月港生出更深的感动。

"一回生，二回熟，三回做朋友。"林国彰动情地对我说："对于月港，可以说从陌生、好奇、认识，进而熟悉。"较于闽南其他港口，林国彰认为月港很有特色："我认为，月港是古代人；澳头、大磴小磴是近代人；五通、东渡是现代人。"林国彰总结道："古意风雅，如久远时代。"

与林国彰一样对豆巷村心怀感动的还有很多台胞，比如黄凌霄——台湾地区航海家，为向海外弘扬辉煌灿烂的中华造船史，他计划打造一艘木制三桅古代海外贸易船，走遍两岸寻找合适的造船者。中华古帆船有四大类型，长江以北的沙船、浙江的乌船、福建的福船和广东的广船。台湾地区古船研究学者认为，福建的福船最能代表古代中华造船成就。于是，黄凌霄沿着福建沿岸寻找福船的造船传人。

二〇一七年的一天，当来到豆巷村走进崇兴造船厂见到郑水土时，黄凌霄决定把造船的订单给这位福船第六代传人，他认为郑水土是建造木质三桅古代海外贸易船的不二人选。

二〇一八年三月底的一天，我在江智猛的陪同下，来到郑水土的家，他正与黄凌霄通电话，激动地告诉对方造船的木材已全部采购回来，过几天就正式动工造船。他还取出珍藏的郑氏船谱给我们看，这套船谱记载了一九一九年至一九三七年间，郑氏船匠所建造的运输船、渔船和客船等十六种船，包括船的船主、尺寸及结构。尽管历经近百年，船谱上的字迹依旧清晰，线条依旧疏朗。翻开发黄的船谱，我读到许多特别的造船术语，头秀面（前搪浪板）、内镜（隔舱板）、尾口（最后一道堵板）……何丙仲等文史专家认为，这套船谱为研究福建福船提供了第一手资料。

黄凌霄为这艘交给郑水土制作的福船取名"马可波罗号"。造成后，它将进行环球旅行，满载月港的辉煌历史、灿烂的造船文化及两岸同胞血浓于水的亲情。

漳州瓷器烧制技艺

"素三彩"为瓷器釉彩名,始于明正德年间,清康熙时继续烧制,后逐渐稀少。其器质朴雅洁、变化莫测而颇具匠心。

漳州是中国外销瓷的重要产地,陶瓷文化源远流长。明清时期,月港兴起,漳州窑瓷器成为重要的输出品,其独特的文化韵味和艺术魅力蜚声海内外。曾被国内外学者称为"汕头器""克拉克瓷""交趾瓷""华南三彩"等的瓷器,经调查与考古发掘,证实其产地就在漳州。

素三彩瓷是一种釉上彩瓷。制作时先在瓷胎上刻画纹饰并高温烧成素胎;在素胎上浇地釉,刮去花纹中的地釉;最后在花纹中填色并二次入窑低温烧就。"素"有两种含义:一为使用"素胎",二为古代"红为荤色,非红为素色"。该器以绿、黄、茄紫为主,不用红色,故名。

如今,这古老的陶瓷技艺在漳州(尤其是龙海)地区重新焕发美丽动人的光彩。"漳州窑素三彩瓷"已获评市级非物质文化遗产保护项目,正准备申报晋升为省级,项目的传承人为著名陶艺家洪树德教授。他一生潜心创作和生产高端陶瓷工艺品,还进行古陶瓷标本的研究(特别是分布于漳州及厦门地区的古窑及其烧制品),不遗余力地促使闽南地域优秀的陶瓷样式重现人间。

\卓港\
南溪畔的月港补给港

未及卓港,先见南溪。

南溪不是一条普通的溪,而是卓港的母亲河。卓港村的前世今生都与这条溪息息相关。因为在南溪溪畔,卓港才有机会成为月港的补给港,因为曾是月港的补给港,卓港才拥有其他村庄难以企及的历史遗存。

对卓港村的种种,人们很难想像。比如,在一个小村庄,拥有这么成规模的骑楼建筑,最重要的是,它们比漳州城、厦门城里的骑楼早两三百年;还比如,妈祖庙与福音堂遥相对望,一千多人口中有十几种姓,各自信仰着佛教、道教、基督教……

而这一切的谜底,都要从那条南溪水追溯而去……

古渡口静卧南溪边

卓港,并非这个村庄的本名,村子原名"倒港"。这个名字首先就与南溪有关。南溪水,涨潮时,流入海澄月港,在六口碑溪田湾聚集,退潮时,却倒流进南溪的白水营,直至浮宫汇入厦门大海,因为倒着入海,是个小渡口,村子便得名"倒港"。1949年后,改名"卓港",取"卓越"之意。

"倒港"的由来还有另一重说法,这与卓港作为月港的补给港的历史密切相关。

明末清初，即十五世纪末期至十七世纪中期，月港发展成"海川鳞集，商贾咸聚"的外贸商港，促成月港兴起的并不只是那沿月溪而建的七个码头，还有那幅员辽阔的水国。月港把龙海许多沿江港口囊括其中，这里自然包括位于南溪河畔，与其近在咫尺的卓港。

作为月港的补给港，卓港也跟着兴盛起来，且其繁荣持续到后月港时代。据卓港村南岐虎头庙碑记载，清康熙四十七年（一七〇八年），苏氏先祖在南溪三角流水的中心地，也就是当时的港口，兴建倒港圩。倒港圩分为数个商品交易场所，有猪仔圩、牛圩、杉木行、石料场、盐馆。倒港圩的圩日十分频密，每月多达十二次，可见商业往来之繁荣。每十日就有四次圩，即十日内的一、四、六、九日为圩期。一到圩日那天，便有近五十只商船停泊于港口的三个码头上货。为了防止赶圩的商品在散圩后被低价出售，影响市场秩序，商人间便形成约定，散圩后统一将滞销剩余的货品倒入港中销毁，确保商品市场价格稳定。这个港口也就有倒港之称。

哪种说法更接近历史，并不是最重要的。重要的是，不管是哪种说法，都明白无误地告诉后人，卓港村因位于南溪畔这一特殊的地理位置，得月港补给港及后月港时代这一天时，它在历史上曾兴盛一时。

下午时分，我们来到卓港古渡口。

人来舟往的繁荣景象早已留在历史记忆中，取而代之的是宁静的湖光山色图。水面如镜，旗山倒映水中。古渡口静卧南溪边，小船依偎着渡口，轻晃悠悠。有人在钓鱼，有人在洗衣，有人在担水，唯独没有喧哗，有的只是水声。

从北京而来的新闻摄影泰斗蒋铎，舍不得停下手来，相机拍个不停，他鼻子吸溜着，说："这空气真好！"来自海上花园城市——厦门的摄影家林世泽，一样被眼前乡村美景陶醉，他手中的相机更多地聚焦那些悠闲自在的乡亲。

陈阿婶和苏阿伯，坐在竹凉亭里，面对面讨论着糯米龟怎么做才好吃，坐一旁的黄阿婆则自在地摘着晚餐要炒的长菜豆。

传统骑楼形成的米街。图 / 林世泽

有谁想到，这幅乡村美景，曾几何时被牛栏、猪圈所覆盖。据陪我们采风的东泗乡副乡长张伟力介绍："这里，原来是一片面积约五亩的龙眼树林，生活垃圾堆积，蚊虫滋生，后来，经过乡政府的规划，因地制宜打造成乡村公园。"

置身其间，我们不愿把它当作公园，这何止是公园？这是"半亩方塘一鉴开，天光云影共徘徊"的真实再现啊！

建于二百年前的骑楼

除了"圩"，卓港村还有"街"。

卓港村的街道分布格局为三直和两横。三直，即米街、中街、后街；两横，为横街和圩尾街。

街上的建筑皆为两层的红砖骑楼。普遍认为，闽南骑楼是华侨从南洋带回来的建筑，而它首先是东南亚一带被殖民的产物。英国殖民东南亚诸国时，因不耐热带高温酷暑，便要求当地建骑楼，指望屋前长廊能把暑热挡得远点。华侨从南洋归来时，就把骑楼带回广东、福建。骑楼首先从广东建起，一九一八年，军阀陈炯明统治漳州时，进行大规模的城市改造，大面积建造骑楼，紧接着厦门进行效仿，也在中山路等市中心建骑楼。这已是二十世纪二十年代。

我之所以不厌其烦地介绍闽南骑楼兴起的背景，是因为我认为卓港村保存至今的那些大面积且分布十分有规则的骑楼，非常了不起，要知道，它们比漳州、厦门的骑楼还要早一百多年。

为什么在二百多年前，小小的卓港村会建有如此成规模的红砖骑楼呢？

这与"倒港圩"的形成和南洋客的后代有关。据卓港村南岐虎头庙碑记载，清康熙四十七年（一七〇八年），建"倒港圩"的过程中，由苏氏"三十六社半"分"房角"建设集镇开圩。先祖一开始并未建骑楼，而是先搭草棚，后建砖瓦厝，但这时建的也不是苏式骑楼。

骑楼建筑的出现，还与下南洋的华侨有关。月港时代，不少卓港村人到南洋谋生，这些南洋华侨的后代，发财后就想着返乡建屋以光宗耀祖。

家门口穿针线的居民。图 / 林世泽

卓港村民的生活闲适,随处可见纳凉话仙的老人。图 / 林世泽

古渡口。图／黄子明

笑对镜头的小孩。图／林世泽

南洋华侨返乡建屋，他们获得统一布局与统一建设的共识，着手筹建街楼，每"房角"物色十户以上投资集建，资金共同承担，一起建设。整个村庄建成上层居住、下层经商、门前"五脚居"的红砖骑楼楼店。于是，就有今天我们看到的米街、中街、后街、横街和圩尾街。这五条街形成三直和两横的布局。

年代久远，且南溪常发大水，大水常常淹没卓港村骑楼的一楼，泡软了骑楼地基，不少骑楼在历史的风尘中倒塌或被拆除，建成其他风格的房子。所以，今天，卓港村的骑楼呈现的，有成规模的街道，如米街、中街、后街，也有各式建筑点缀物。

幸亏，龙海市相关部门及时对骑楼进行修缮，以骑楼修缮为原点，带动整个村庄的保护、规划和建设。为此，卓港村专门从深圳请来城市空间规划建筑设计专家，对美丽乡村建设进行高站位规划设计，修旧如旧。

五十岁的苏井珍，从小在骑楼里长大。在骑楼走向破败时，她以每幢两万元的价钱卖给人家。可没想到，政府部门对古街，对骑楼进行修缮。每次她陪客人来参观骑楼古街，看到曾经的街楼旧貌换新颜，常常后悔不迭。那天，她又一次陪我们在骑楼里采访，伤感地对我说："每回来到这里，我就想起小时候和小伙伴在街上'跑关'的情景。"我特别理解她的心情，因为我也是在骑楼里长大的。骑楼生活最有趣的是，它们形成的窄窄长长的街道，往往是孩子们的乐园，各种游戏都可以在这条街上进行，比如苏井珍说的"跑关"，就是一种游戏，即守的人张开双臂拦住攻的人，两旁的骑楼自然是天然屏障，一夫当关，万夫莫开。

多种信仰互相尊重

闽南乡村，独姓的多，二三姓的次之，而像卓港村这样，一下子有十几个姓氏的，少之又少，如东泗乡副乡长张伟力所言，"在东泗乡独一无二"。东泗乡的村子，大多是一个村一至三个姓氏，以姓氏为家族群居而成，比如

红军楼。图／林世泽

卓港村

　　龙海卓港原名为倒港，传说该地溪水涨潮直入海澄月港，潮水退而倒流到南溪白水营，直至浮宫汇入厦门大海；因名字不雅，改名卓港。卓港村村域面积不大，却拥有多元文化。除了古香古色的米街、中街、后街、"五脚距"民居，村里还有妈祖宫、基督教堂及红军楼等古迹。

碧浦村的方氏家族，西岭村的何氏家族，董浦村的陈、苏两姓氏家族。卓港村人口一千四百五十六，姓氏却有十多个，除却苏氏，还有十多个姓氏，他们主要以三种方式进入卓港，黄、王、方氏入赘而来，林、郑氏避匪投靠而来，第三种方式与卓港作为月港补给港及其后月港时代的历史息息相关。历史上的这一时期，商贾往来熙熙攘攘，不少商人就在此地定居下来，主要有陈、何、杨、高、甘、张等姓氏，世代繁衍，形成今天卓港村多姓氏的特点。

因为村民来自五湖四海，对彼此的包容度更高，特别是对村人的宗教信仰给予充分的尊重。

卓港村人分别信奉佛教、道教和基督教。妈祖庙与福音堂毗邻而建，礼佛祷告曲与圣经诵读声隔耳相闻，互不排斥。

中国沿海地区的百姓，大都信奉妈祖，因出海安危莫测，需求海上女神妈祖佑护，位于南溪畔的卓港村亦是如此。卓港村最早的妈祖庙建于一六三四年，名为"虎头庙"。当时正值卓港村对外通商开始兴盛，出海的商人多，他们求妈祖保佑出海经商一帆风顺。水上渔民也多，一遇台风暴雨，渔船就驶入避风港，求妈祖庇佑。一六四六年，小小的虎头庙，得到海外乡亲的捐赠，得以扩建，建好尚余部分捐赠款，刚好买了一些田地，耕种所得作为寺庙的收入。妈祖庙也曾坎坷，比如一九四九年后被拆，代之以猪场。好在一九八六年得以重建，此后大兴，香火不断。与两岸众多妈祖庙一样，卓港妈祖庙一年当中最热闹的时候是妈祖生日那天。我们前去拜谒的那个下午属平常日，妈祖庙稍显安静，我们得以静静地欣赏两边的壁画，连环壁画以弘扬孝心为主，如"遂成母愿""跪父留母""兄弟为友"。

基督教传入卓港，则要比妈祖晚两百多年，那是一九〇四年。一九〇四年，有牧师进入卓港村传教。一九二六年，谢再添长老及苏友珍执事发起建教堂募捐活动，募得大洋六百五十元，有的教友献粮献工，纷纷参与教堂建设，海澄县县长蔡秉禄加入捐款行列，他捐了大洋一百元。今天见到的教堂于二〇〇六年重建，二〇〇八年投入使用。目前卓港村有信徒两百余人，陪我们采访的卓港村姑娘小黄，是基督教徒，每周末都会到教堂做礼拜。

闽南乡村特别兴贴门联，不只春节贴，娶亲嫁女也要贴，卓港村也不例外，家家户户都贴。我们走在骑楼古街，只见好话连连，一派喜气洋洋。副乡长张伟力还提醒我们："从门联可以看出那一家信的是什么教。"门联贴"主赐鸿恩"或"以马内利"的，信的是基督教；门联贴"出入平安"或"家和万事兴"的，信的是佛教。

不管哪个姓氏，不管哪种宗教，卓港村民都对红军楼心怀敬意。

未及卓港村，我们就已听说红军楼的故事。一九三二年毛主席率红军进入漳州时，海澄人苏静和苏精诚以一座楼房为据点，建立游击队部，他们组织老同学和贫困农民四十余人，收集枪支三十多支，开展游击战争。苏静日后成为一代名将，他在卓港村的革命故事也传播开来，"红军楼"也在闽南人民这儿口耳相传。

我们万万没想到，"红军楼"原来是座洋楼，且是建筑精品。站在这座三层半高的洋楼前，我们细细观赏它的每根柱子，它的每个门户，它的每朵窗花，是那么巧夺天工。推开院门，时光仿佛一下子回到一九二六年。那年，海外华侨苏德炉回到家乡，他以大兴土木的方式来光宗耀祖，独资兴建我们面前所见的西洋式大楼。这是一座建筑面积达一千多平方米的三层半洋楼，为水泥混合结构，共有二十四间房厅。如此大手笔建筑，在当年的南溪绝无仅有，因而名噪一时，又因为有过一段革命历史，更增添了它的红色光环。

当然，苏静在卓港村领导的革命也不一帆风顺。很快叛徒就出卖革命者，所幸，卓港商人苏孝恭出手相助，在他的帮助下，苏静等人得以安全转移，并被编入中央红军第一军团，参加二万五千里长征。身后，卓港村的苏家洋楼静静伫立，默默相送。

龟粿。图/林财民

卓港龟粿

龟粿是龙海和台湾地区一带最庄重的祭神供品。其中，卓港龟粿至今保留古早味。

红龟是传统米食，以做法区分，有红龟粿和红片龟两种。红龟粿用压干的生米浆制作完成后上蒸笼蒸熟，红片龟则是以熟糯米粉和白糖水和面制作。

糯米与红豆馅、花生馅、绿豆馅，是制作红龟粿的传统材料；包好馅，用粿模一印，就是红龟粿。用香蕉叶垫底，做出来的红龟粿具有自然蕉叶香味，蒸熟的红龟粿，掺入食用色素，粿皮鲜红欲滴。

龙海一带，每逢安公生（神明诞辰日），各地乡村都要举行隆重的祭祀活动，象征长寿的红龟粿是最重要的祭品。作为祭品，红龟的圆形，寓意团圆和谐；红龟的红色，象征见红大吉；乌龟的生命，隐喻长命百岁。在当地，祭奠神明要唱"求龟发财"。目前，卓港还较为完整地保留这一习俗。

大红龟粿漂洋过海到台湾地区后，被台湾地区乡亲一路发扬光大，"求龟"变成"乞龟"，用词语意加重，祈福心理加剧。台湾地区各地，每年元宵夜都要在土地公庙举行"乞龟求福"活动，大红龟粿是这个活动的主角。乞者在神明面前祝祷，说明祈求目的、来年奉还数量，再掷筊征求神明同意，神明允许之后，将香插在龟背以示"名龟有主"，神龟迎回家之后，必须在神案上祭拜，然后切开食用，这种活动简称"乞龟"。

\ 埭美 \

港环社，社枕港

夕阳下的埭美。
图／黄子明

几年前，一位马来西亚摄影师来到埭美村，他很快被这里的一切迷住——红砖瓦、灰白墙、燕尾脊，还有村道上闲闲散散进出的村民。于是，他抱着照相机，好不容易找到一处楼房，那是村边的一座四层楼，登楼一眺，清澈闪亮的小河像绿绸带一样，绕着全村，原来这是一个水上民居。座座闽南古厝，直看横看斜看，都呈一条直线，他为村庄布局之严谨而惊叹，同时，更为远山、田园和近水所陶醉……

摄影师回到马来西亚，把摄影作品投给北京的一家央媒，作品见报后，外界的人们似乎才第一次惊觉，在闽南，有一处保存如此完整的水上古民居聚落。

三四年前，台湾地区首位获国际最具权威的摄影赛事——荷赛金奖的摄影家林国彰，来到闽南，他是位闽南迷。要带林国彰到哪里捕捉闽南味呢？厦门日报高级记者、台海杂志图片总监林世泽和"最闽南"专栏记者卢燕，同时想起埭美村。他们一行三人在埭美村的采访报道，很快又让对岸知晓了这个风貌完全不同于台湾地区乡村而又与台湾地区有千丝万缕关系的水灵灵的村庄。

埭美，闽南话叫"埭尾"，位于龙海市东园镇，被福建省第二大江九龙江的支流南溪环绕，又被鸡笼山、大帽山、峨山环抱，天造地设出"港环社，社枕港"之水上民居的全景。埭美至今已有五百六十多年的历史，由"开漳圣王"陈元光的二十五世孙陈均惠的第八世后裔开基，形成陈姓聚居地。全村四面绕水，蜿蜒绕村而过的三四公里的水道，簇拥着二百七十六座红砖古厝。红色水上民居跃然于青山绿水的闽南画卷中。

我对埭美村慕名已久，但越是心向往之，越是不敢轻易造访。二〇一七年五月，我满心期待走进这个村庄。头一次是五一黄金周，村里热闹非凡，完全是旅游景区的模样。第二次是平常日子，村里安安静静，我和村民闲谈到太阳下山，舍不得离去。前后相差半个月，动静却如两重天。

一张图纸管五百年

在我走过绿野平畴，走过小桥，走进这座村庄时，它头上的桂冠已是十

埭美村

  龙海市现存最大、保存最完整的古民居建筑群，素有"闽南第一村"的美誉，被评定为国家级第六批中国历史文化名村和第三批中国传统村落，这些说的全是埭美。二百七十六座古建筑布局呈中轴对称排列，多层次进深，前后左右有机衔接，屋顶全部为硬山式曲线燕尾脊，红瓦屋顶，砖石墙体，装饰工艺极为精湛，是高级别"九宫格"建筑的典范。

分的耀眼——中国历史文化名村、中国传统古村落。

埭美村之所以能成为国字号,首先在于它的建筑规划,在这里,你真正能体会到什么叫"一张图纸管五百年"。

埭美村共有二百七十六座闽南红砖民居。站在村边被称为观景楼的四层楼楼顶,便能把全村收入眼底。只见一座座闽南红砖厝,布局统一,整齐排列。规整到什么程度呢?纵看一条直线,横看一条直线,连斜着看也成一条线。屋顶一律是硬山式曲线燕尾脊,群山间,夕阳下,仿佛所见是灵动翻飞、一起归巢的燕群。

穿村走巷更有趣。全村由多条笔直巷子纵横交错地勾连,主巷宽一米多,小巷则仅约半米。隔着巷子,砖厝之间,边门对着边门,当边门全部打开,一条由村头连到村尾的快捷通道便形成了。"只要你连着敲边门,就可以一路穿厝而过,下雨天连雨伞都不用带,你爱去村东就去村东,爱去村北就去村北,雨淋不到你。"在村民的指点下,我们着实体验一把村跑的乐趣,当然,首先得益于这里淳朴的民风,你在城里,突然敲门,谁会开呢?

埭美村共有二百七十六座闽南红砖民居,而这其中,明清时的才四十九座,大部分是民国时期和一九四九年后建成的。也就是说,这二百七十六座民居,并不是同一时期建成的,而是在五百多年里陆陆续续建成的。所以,从走进这个村庄伊始,我就一直在思考这样一个问题,是什么力量让全村人在这五百年的时间里,都依照同一个规划建屋,该多高就多高,该什么样式就什么样式,该朝哪个方位就朝哪个方位,没有半点造次。我们都知道,这五百年里,中国农村发生太多变化,有过改朝换代,有过兵荒马乱,有过各种运动。我走过两岸许多乡村,包括名闻海内外的古村落,像埭美村这样,五百年里只用一张图纸的乡村建设,闻所未闻。这就是我对这个村庄及其村民心生好奇同时更心生敬意的地方。

从外围看,远山、田园、水道、木舟、民居和谐一体,充分体现陈氏祖先天人合一的追求。今天变化较大的是,村旁有条高架高速公路穿过,现代

古民居内的斗拱。图 / 林世泽

古民居墙上的苏州彩绘。图 / 林世泽

埭美村内村民淳朴的生活。图 / 林国彰

生活的脚步谁也挡不住，这也是埭美村人无法阻挡的，但他们可以让田园还是那样绿，河水还是那样清。

就村庄内部的建筑格局而言，不管哪个时期，全村所有房屋格式、规模朝向、高低和建筑材料，都由族里统一规划设计。那四十九座明清建筑，无疑起着样板的作用，其建筑体系为"九宫建筑"，即前排横向建造九座古厝，后排再对准前排依次向后建造，古厝旁边还附带着纵向排列的护厝。值得一提的是，它们并非坐北朝南，而是坐南朝北，因为陈氏先祖从中原来到闽南，坐南朝北，追思北方。二十世纪七十年代后建成的，却一律坐北朝南，主要是因为坐北朝南通风好，冬暖夏凉，更宜居。可见"五百年只用一张图纸"，也不是一成不变的，可以科学改进，但所有的改进都不能违反中轴线及其整体部局。

"五百年只用一张图纸"，这张图纸究竟是怎样的呢？在遍访村民后，我终于得到它。它是无形的，其实就是陈氏家族的祖训——世世代代所有人建屋都必须依照祖先定下的规矩，不能造次。

不教书的日子待在村里

埭美村有个家风堂，"家有良规传道义 风盈正气唱仁和"这副对联正是埭美村人正家风，承家训的写照。

傍晚时分，我和刚刚忙完一天的素丽坐在"素丽绿豆粉粿"的摊子边谈天。我是慕名来找她的。

村官黄招娣一路上跟我讲了不少素丽的故事。人家最多只有两个孩子，素丽却有四个，另两个是她小叔子留下来的。十几年前，她小叔子走时，老二才出生三天，妯娌外出当保姆，素丽让她放心地在外打工，自己边开店边照顾四个孩子，孩子们都当素丽为亲妈。

当我与素丽聊起这事，素丽开心地告诉我，那个出生才三天就失去父亲的孩子，如今已在重点中学读高三，马上就要高考了，他的三位哥哥也都大学毕业了。素丽说如果我前一天或后一天的傍晚来找她，她就不在家了，因为每隔一天的傍晚,她都会提着自己做的炖品到学校去看望孩子,"给他补补身子"。

素丽说,所有的付出都是那么的值得,他们两家并成一家,大人小孩相亲相爱。"老幺读高中了,还喜欢跟我蹭在一起,冬天了,有时还会往我被窝钻。"因为,他从小就是在素丽的被窝里长大的。

其实,埭美村会被外界发现,与这个村的淳朴民风,尤其是素丽家朴实待人的家风分不开。

埭美村民有唱歌仔戏的传统,素丽的丈夫陈友铭是其中的佼佼者,他擅长唱老生。陈友铭组建了"惠群歌仔戏团",名声在外,经常被请到马来西亚演出,在东南亚结交了不少朋友。有一年,陈友铭带团到马来西亚演出,而他的大马朋友符士光到中国旅行,问是否方便到陈友铭的家乡看看。陈友铭虽在外演出,但毫不犹豫地邀请大马朋友到家乡埭美看看,他知道在家的妻子素丽一定会热情接待。果真,符士光一到埭美村就舍不得走,他被埭美村的风光、人文所吸引,回马来西亚时,他把埭美村装在镜头里带走。这下,读者一定看出来,符士光就是我开篇写的那位马来西亚摄影师。

埭美村是个出人才的地方。埭美的前祠堂,门前尚有多个插过旗杆的石墩,村里的老人告诉我,以前这里有好几根旗杆,是祖先遗留下来的。在闽南乡村,旗杆是古代族人获取功名、光宗耀祖的象征。前祠堂所望正是笔架山。

家风堂里有"积善庆余""衣锦还乡""金榜题名"等牌匾,一一为人们展示这个村庄的前世今生。即使不走进家风堂,随便走进哪条小巷哪户人家,清新的家风总是迎面扑来。

因为深爱埭美村的民风家风,有位在厦门教书的大学教授还特意到埭美村租了座房子,不教书的日子,就待在村里。

但愿再来时一切如旧

埭美村出名后,去村里游玩的人越来越多,尤其是节假日。今年五一节,

天井内放置着孝节石牌坊,优良传统家风家训刻于条石之上。图 / 林世泽

我们到的时候，偌大的停车场，早已停得满满的。

一听说我要到埭美村走访，有人就提醒我到村里别忘了去品尝铜锣粿。找到这一家时，果然整个摊子被围得里三层外三层，一看，是一种比锅边糊还结实的米粿，把现磨米浆洒在平底锅上，煮熟了，也就变干了，整片的，再切成条状，分装进碗里，淋上大骨汤，加上卤料，如大肠、鸭蛋，再撒些寸韭菜。"平时一锅分三碗，但今天要吃的人太多了，做都来不及，只好分成四碗。"摊主陈大姐实诚地说。卤鸭蛋也不够，只好多加些卤大肠。"鸭蛋煮好了，但腾不出人手去剥。"埭美村闲散惯了，一下子涌进这么多人，赶不上节奏。

连对岸的台湾地区品牌都嗅到商机，多福豆花也把摊位开到埭美村的房前屋后，但摊主说，他们只是周末和黄金周过来，因为平常日子没什么游客。

我们花了三十元租了个喝茶的位子。因为河长，村民们就因地制宜，在河畔摆起茶摊，供游客边喝茶边看风景。我们喝茶的这位摊主是七十二岁的陈阿伯，和村里的许多人一样，慈祥友善。陈阿伯说平日里都不摆摊，只到周末才把茶桌摆出来，周末同时也炒米粉卖，每碟十元。

埭美村的地理风光、历史风貌与"水"息息相关。村子拥有两条水道，环绕村庄的内河和通往外界的南溪港。内河又分头前河和旺丁河，它造就埭美村水上民居的地理特点。南溪港则成就它作为大月港组成部分的辉煌历史。我们喝茶的头前河畔，正是明末清初古码头所在。几百年前，埭美村人从这里出发，乘船通往外界的南溪港，南溪港又使它与月港及之后的厦门一水相连，村人借此向月港、厦门运输大米、草席等日用品等，与月港、县城石码和厦门形成贸易关系。

早年，埭美人到台湾地区也是通过这条水路出去的。他们到台湾地区后，族谱上以"柑埭"来指称埭美。村边尚存台湾地区庙、台湾地区墓遗址。返乡的台胞中也不乏埭美人。曾建过多个博物馆的台胞洪明章，第一次到埭美，就喜欢上这个地方，心心念念想在这儿再建一个海丝博物馆。

所以，历史上的埭美实际上是很热闹的。作为大月港的一部分，埭美多出商人。"有埭尾厝无埭尾富，有埭尾富无埭尾厝"这句话道出埭美因商致富的历史。就算你跟埭尾人同样富有，也没有跟埭尾人同样的房子；有跟埭尾人同样的房子，也没有埭尾人那么富有。

和所有被外界发现的美丽乡村一样，埭美也无法阻挡人们走近它。龙海相关部门在开发旅游与保护风貌之间小心翼翼地平衡着，唯恐有什么闪失。陪我们走访的村官黄招娣，天天到埭美村，其任务就是在古民居修旧如旧时倾听村民的意见，比如，房前屋后不要种花而种蔬菜，既绿化又实惠。

第二次走访埭美村时，我们请到两岸多位知名摄影家同行，除了几年前就对外用图片报道埭美村的林世泽外，还有人民日报的高级记者蒋铎、台湾地区中国时报摄影中心主任黄子明、台湾地区世新大学副教授陈学圣，各位摄影家直到夜幕降临，依然恋恋不舍，恨不得把整个埭美都收进照相机带走。

多次拍摄金门红砖古厝的黄子明老师说，作为闽南红砖古厝的代表，埭美村保存得比金门的更完整更成规模，但愿他下次到来时，一切如旧。

戏钹传人甘亚瑞表演。图/林财民

常春岩戏钹

　　作为古时南少林僧人研习的习武方式，"戏钹"在龙海常春岩被代代传承。

　　表演所用的钹是铜的，直径二十五厘米，重量接近一公斤，在习武人的手里上天高飞数十米，在地回旋反转，甚至在兵器的尖刃上旋转不落。

　　戏钹是闽南一带特有的民间艺术，又名"演金""弄铙钹"。它并非一般的杂耍，而是一门佛门技艺，从宋朝流传至今。相传由十八罗汉之一的手持铜钹的尊者所创，在民间辗转流传，后由香花僧人在龙海东泗乡虎渡村常春岩传演下来。

　　每年农历十二月八日（腊八节），所有常春岩佛门弟子聚集在一起，文僧人在佛祖前诵经，武僧人进行"演金"表演。

　　戏钹乃佛门绝活杂技，声名远播，是漳州市第三批非物质文化遗产，曾经在中央电视台的《牛人大拜年》和《乡村大世界》栏目表演。

　　"吐珠""弄花""翻虎墙""单竹带钹""单竹过五指山""吐珠背"等，这些都是师父们的绝技。一两个钹在手，再加上一根细细的竹竿，眼耳口和五个指头都派上用场，就能玩出近五十种不带重复的花样，复杂高超，现由第二十二代弟子甘亚瑞等人掌握。戏钹有着极高的技术含量，技巧较多，看似易懂，实为奥妙，学而艰辛，一整套功夫非三至五载难成。

\ 金鳌村 \

四处旅游，不如回乡看看

金鳌村的得名，与其地理位置息息相关。村子背靠玳瑁山的鳌峰，又位于海边，海中盛产车鳌，无论山海，皆有鳌，所以，得名"金鳌"。早前，村子不叫"金鳌"，而叫"车鳌"，元末明初，才由"车鳌"演变为"金鳌"，值得注意的是，"鳌"字也不再为虫字底，而为鱼字底。

金鳌村原本有十八个社，后合并为十二个自然村，现在有一千三百多人，九成姓杨。杨姓先祖天浩公于南宋末年带领族亲从漳州银塘迁入金鳌村，为金鳌杨氏开基祖。金鳌杨氏人才辈出，仅杨南离家族就出过经商能手、爱国华侨、地下党员等，整个金鳌村也有秀才乡的美誉。

在富美乡村的建设进程中，金鳌村的脚步较慢，但也因此得以保留原生态，尤其在传统文化方面，拥有许多原汁原味的东西，值得我们细细咀嚼。

四堂一府

闽南村庄，一般只拥有一两个祖祠，金鳌村却拥有一个祖祠群。祖祠体量庞大，号称"四堂一府"——钟鳌堂、钟秀堂、毓秀堂、继鳌堂和总兵府。前面三个祖祠，取自于"钟灵毓秀"，这五座建筑，皆为闽南红砖建筑，拥有燕尾脊和红砖墙的典型特征。这五个祖祠中，钟鳌堂是最主要的。

七十六岁的退休教师杨发隆被誉为"村史活字典"，我们来到金鳌村时，他带领我们先去谒见钟鳌堂。作为杨氏家庙，这座建于康熙二十三年（一六八四年）的三间二进古建筑，是杨氏宗亲聚会的主要场所。

走过宽阔的埕院，迎面可见"杨氏家庙"四个大字高悬门楣，两边对联指出杨氏的姓氏源流"登堂按谱系来自光州固始 入庙序昭穆衍蕃澄邑金鳌"，和许多漳州人一样，杨氏的祖先来自河南固始县，南宋末年，天浩公带领族亲从漳州银塘迁入金鳌村，于是开基。

钟鳌堂里供奉着金鳌杨氏的列祖列宗，每年中有两个节日，是杨氏宗亲祭祖中最隆重的节日，一是元宵节，一是冬至日。

在这七百多年的发展历程中，金鳌杨氏有不少人播迁于两岸和东南亚等地。祭祖日就成了这些外出宗亲心心念念的节日，维系着他们与祖地的情感。钟鳌堂把那些心系祖地常回家祭祖的宗亲以地名记载上墙——龙海市岭兜、白埕，漳浦县佛坛，厦门南安油园、枫脚、山旗，福州五虎山脚，港澳台和东南亚各地……宗亲们除了回乡祭祖外，也会送牌匾以表达追思，漳浦县佛坛就送回"祖德永昭""亲谊永存"等牌匾，金鳌杨氏感念他们的用心，将牌匾高挂于钟鳌堂两侧。

我们参访钟鳌堂时，它已有三百多岁，但容光焕发，这都是杨氏族亲精心侍奉的结果。钟鳌堂历经多次修缮，最近的一次是二〇一一年，由村支书杨志贤担任修缮理事长，宗亲一呼百应，捐资一百四十多万元，修旧如旧，古色古香又光彩照人。七月的一天，杨发隆指着钟鳌堂的不少构件，自豪地告诉我们："这些是明清时期的，我们都把它们保留下来了。"

以钟鳌堂领衔的金鳌祖祠群，大都保存完好，唯有总兵府稍显破落。府主杨启忠曾官至广东碣石镇总兵，金鳌村的总兵府建成年代与钟鳌堂相仿，距今都有三百多年，但因总兵府不如钟鳌堂历经精心修缮，部分坍塌，由最早的三进变为现在所见的两进深。

钟鳌堂、钟秀堂、毓秀堂、继鳌堂和总兵府，这五座建筑形成的祖祠群，

西峰庙内虔诚的信众。图 / 王火炎

金鳌村

在金鳌村,三年一次的"五朝王醮"最具特色,根据习俗,王爷公"到任"时,需奇禽异兽相伴,比如六只脚爪的公鸡、两条尾巴的猪、四只脚的鸭子……整个白水镇的村民,若发现家里饲养的家禽家畜有特别之处,都不会宰杀,而是在祀王活动时献祭给王爷公,在村民看来,那是王爷公的,不是自己的,它们会在十二月初十与"王船"一同烧祭。

赶上了西峰庙的"佛祖生",当日免费提供素餐给信众。图/王火炎

成为村中的镇村之宝，有它们在，金鳌村虽走得慢，但步履自信。

大爱绵长

金鳌村的自信，不只在于它拥有成规模的祖祠群，还在于它有大爱绵长。抗战初期，金鳌村人就捐资为国民政府买枪买炮，抗击日本侵略军，为此，一九三七年海澄县县长邓宗海赐匾"献金救国"；解放战争时期，继鳌堂出过四位地下党员，包括彭冲在内的上千名地下党、进步青年和华侨通过继鳌堂转移到乌山革命根据地和粤东革命根据地，为革命做出突出贡献；台湾地区二〇〇八年"八八风灾"后，西峰寺号召信众为台湾地区受灾民众捐款，获得台湾地区民众的赞赏，拉近了两岸宗亲的距离。

继鳌堂，这座建于一九三五年、承载着厚重大爱、占地千米的"同"字形大宅院，与一个人的名字紧紧联系在一起。当推门而入时，我们便读到这样一副对联"南国营商躬行信义方能满载而归荣故里 离乡雅操手续完全始得同胞洽望贺新基"。这对藏头联里有继鳌堂主人的名字——南离。

杨南离年轻时到南洋从事侨批生意，帮人送信，送物，送人，生意兴隆而成富甲一方的侨商，一九二一年，杨南离把生意转回国内，一九三五年回金鳌村兴建继鳌堂。

继鳌堂位于澳内社，占地一千多平方米，依山面水，前有池塘后有花园，呈"同"字布局，共有三十八间房子，主要房间都有寓意和故事，体现主人的追求与意趣。

对联处处可见且妙趣横生，这是我们进入继鳌堂的第一感觉。对联背后藏着许多风雅故事。继鳌堂于一九三七年落成，落成之日，主人请来远近的文人雅士，以金鳌村盛产的杨梅酒款待。良辰美景、佳肴美酒，客人们诗兴大发，纷纷以"南离""继鳌""澳内"等关键词斗联，这一雅斗，为继鳌堂留下许多佳作，主人便将它们一一撰制上墙，"南国营商躬行信义方能满载而归荣故里 离乡雅操手续完全始得同胞洽望贺新基"只是其中一对，而以"继鳌""澳内"为藏头的对联有十几对。

杨发隆讲述金鳌村史。图／王火炎

雨纷纷，我们身处继鳌堂天井中，不只听到雨声，还听到诗声朗朗……

继鳌堂的祖厅后面，是"四知堂"，以"四知"命名，表达主人对先祖杨震的清廉品德的无上敬意。杨震任太守时，县令王密夜间找他行贿，杨震拒绝，王密对他说："请收下，没人知道的。"杨震大怒，说："你知，我知，天知，地知，怎么会是无人知呢？"

正因为杨南离要求自己操守清正，要求子孙接受严格的教育，杨家才会人才辈出，不管哪个历史阶段，他们都曾对社会做出贡献。杨南离深受孙中山思想的影响，支持其主导的辛亥革命，他多次在南洋发动华侨为辛亥革命和抗日战争捐款捐物，其子也深受其爱国思想影响，不惜代价支持民族抗战。长子杨欣木年轻时就随父亲到南洋经商，一九四〇年，杨欣木为八路军筹集到大量的药品和枪支，但在从缅甸运回国的路上遭到日军炮火袭击而失踪。二子杨新容、四子杨新友，都参与组织成立中共地下党组织，以继鳌堂为秘密据点，掩

钟鳌堂。图/王火炎

护过包括彭冲在内的上千位革命志士转移，奔赴乌山革命根据地和粤东革命根据地，为中国革命做出贡献。杨南离孙子杨坚陪我们参访继鳌堂，这位出生于一九五二年的老人叮嘱我，要把二伯（即杨新容）过去协助陈嘉庚建厦大和集美学村的事迹写进书里。

香火不断

未到金鳌时，对它的送王船习俗就常有耳闻。

每隔三年，金鳌村都会举办一次代天巡狩请王年。所谓的"代天巡狩"，即是王爷代替玉帝出巡。会首和请王送王日的选定，得经过神明同意，正月十四，在村里最主要的庙宇——西峰庙，全社各房头和信众摆香案祈神掷筊，选出十二个会首和请王送王吉日。农历八月至十二月初，历时四个月为代天巡狩王爷公的任期。"送王船"这一民俗在闽南乡村十分兴盛，但金鳌村的

俯瞰继鳌堂。图 / 王火炎

杨南离的孙子杨坚。图 / 王火炎

送王船有其特别之处。传统的"送王船"送的只是"代天巡狩"的王爷，金鳌村除了送"代天巡狩"的王爷，还融合白水本地的风俗，送"五通神"，即范、吴、朱、李、迟五个瘟神，还会请出本地的主神——开漳圣王作陪四个月。

在金鳌村走访时，我们特意来到供奉"代天巡狩"王爷和开漳圣王的庙宇——西峰庙。进门便见西峰寺的对联"开漳圣王功千秋 代天巡狩佑万民"。

西峰庙占地面积近五千平方米，建于明正德四年（一五〇九年），后经多次修缮，保存完好。我们很幸运，赶上西峰庙的"佛祖生"，远近村社的信众早早提红篮来拜王爷和圣王。前殿香火缭绕，后殿却传出大合唱式的诵经声，领我们来西峰庙拜拜的杨隆发老人，见我们一脸不解，便说："后殿恭奉的是观音佛祖。"西峰庙恭奉着多位神明，祂们和谐相处，一起护佑金鳌村。

西峰庙的护厝，为信众免费提供素餐，素餐以咸粥和甜粥为主，都是现煮的，非常鲜美。不愿具名的老杨是主厨，他早晨三点起床，领着二十几位中年妇女，买菜、淘米、煮粥，他们为大家义务煮粥，心甘情愿当神明的奴仆，老杨都煮了十几年。虽是素粥，但配料丰富，有香菇、花生、胡萝卜、芥菜、芹菜、芋头、地瓜等，这些配料连同大米在直径一米的大锅里熬煮，香喷喷的。一天下来，得煮多少锅呢？老杨笑呵呵地说："今天煮几锅还不知道呢，但去年的今天就煮了二十九锅，每锅用米六斤。"

除了西峰庙外，金鳌村还有佛顶岩和碧荣宫等庙宇。

一年中，金鳌村的民俗活动最兴盛的要数正月，主要集中在正月十三和十五两天。正月十三，新婚夫妇都来家庙里拜祖宗，祭拜过程中还有个闹新娘的重要环节，村民围着新娘推来搡去，庙里还发红柑橘给新娘，预祝"早生贵子"。正月十五，是点灯节，去年新婚的和生儿子的，都要到家庙里点灯，仅二〇一七年春节，来点灯的就有四十二对。

世代书香

金鳌村有"秀才乡"之称，历史上出过多位进士、举人、总兵、企业家。

中华人民共和国成立后也人才辈出，从金鳌村走出去的人才，有在政界的，有在商界的，有在军界的，也有在学界的。据杨发隆回忆，仅恢复高考那年，金鳌村就有四位学子考上大学，位列白水镇第一名。

在龙海市建设美丽乡村的进程中，我们注意到，不少村子都会在村口或村中重要地点画一幅巨型山水墙，生动展示该村的历史地理民俗文化，比如卓港村、埭美村、田头村。这些画面雄浑、笔力苍劲、细节生动的山水墙，均出自同一个金鳌村人之手，他名叫杨振坤。因此，一到金鳌村，我们便来拜访这位佳作不断的民间画家，很难想像他只是一位三十多岁的年轻人。

其实，杨振坤的画龄并不短。十五岁起，他便辍学到泉州学木雕，从十五岁到十八岁，他边当学徒边自学福建师大美术系的课程，学习理论知识。杨振坤十八岁回到金鳌村，正赶上闽南农村大建大修庙宇，这为他提供了很多实践机会，这段时间，他以雕刻佛像为主。

在我们拜访他时，杨振坤已经从庙宇雕刻师转为专攻画画，村里和邻村的孩子都来找他学画画，一周七日只有周六下午外，其余时间都排得满满的，这必然影响他的创作。"但一想起年少时自己的经历，想画画却找不到老师教，我就不忍拒绝"，杨振坤说。

金鳌小学现有学生两百多人，有几十个人正跟杨振坤学画画，杨发隆，这位从教四十多年的退休老师欣慰地说，金鳌子弟好学之风长盛不衰啊！假如金鳌村也需要一幅山水画，那么杨振坤这位土生土长的金鳌村本土画家，会把哪些元素画进画里呢？"继鳌堂、送王船、秀才乡……"杨振坤说。

杨振坤的名气变大了，但他不想离开金鳌这个僻静的村庄。"四处旅游，还不如看看自家老房子。"他说。

杨振坤的父亲杨良海也是位乡村秀才，会画财子寿，会拉二胡。行走金鳌村，要碰到一些有家学渊源的人家，并不难。

白水贡糖。图 / 林财民

白水贡糖古早制作技艺

白水贡糖闻名久远,它的特点是香、酥、醇、美,入口自化,不留渣屑,香甜可口,回味无穷。

在闽南地区,凡办喜事,必分贡糖,这个习俗已经传承百多年。相传早在明朝,白水贡糖便进贡朝廷,让皇帝品尝。乾隆皇帝对其香、酥、醇、美赞不绝口。清光绪年间,碧溪白水营的陈九曾创立茂顺号贡糖,改进了贡糖的传统制法,使白水贡糖名扬四方。

白水贡糖由花生仁、麦芽糖、上等白糖混合捶打而成,四块成包。制作时,原料都要精选,分量须准确,技术上更要精细。

白水贡糖的制作工艺十分讲究,从选料到炒制、拌料、捶打……每一个工序、每一道步骤都不能马虎——原料必须是东北的花生、漳州白玉兰牌的白糖和自己制作的麦芽糖,制作时讲究"二准三快"——炒花生时要掂准火候,熟花生脱膜后和麦芽糖、白糖搅煮时要把准火候,糖离鼎后捣匀要快,包料要快,斩切要快……

传统的白水贡糖以竹叶红纸包装,经济实惠,吉祥喜庆,是赠送亲朋好友和操办婚礼的上品。现在大多改用彩印盒装或玻璃纸精装,更适应时代的发展和市场的需要。海外侨胞特别喜欢白水贡糖,他们常常泡茶配白水贡糖,以此招待贵宾。

真材实料和道地古法赢得广大消费者的认可,白水贡糖日渐畅销闽南乃至东南亚地区,每年婚嫁季,产量赶不上销量。

\ 洋西村 \

不让巴掌山把眼挡

二〇一七年中秋之夜，我特意邀请五岁儿子甘也，和我一起前往《龙江颂》的故乡驻村。我们披着月光踏着月色住进龙江大队——洋西村。

在本次驻村计划内的十七个乡村中，洋西村是我来的次数最多的，但也是最不敢轻易落笔的，每次离开村庄，我都觉得驻得还不够，都觉得还会再来，都对自己说先不着急写。我不是洋西村人，但每回进村，我都会有种近乡情怯之感。也许在我的生命历程中，我不知不觉把它当作了另一个故乡。

一九九九年秋天，二十几岁的我第一次来到洋西村，村庄的破败与萧条，让我震惊，我实在很难把它与创造了闻名全国的龙江风格的发祥地联系在一起，但它却成为我在四年后出版的人生首部长篇作品《龙江人寻找〈龙江颂〉》的出发地。更让我没有想到的是，十几年后，人们提起我，总是会说"就是那位寻找《龙江颂》的作家"，而事实上，我此后又创作出版多部书，但"寻找《龙江颂》"似乎已成为我永远的标签。

在二〇〇〇年前后的那三四年里，我为求证《龙江颂》真伪而走遍大江南北，那时，我的名片只用一行字来介绍自己"来自'《龙江颂》的故乡'"，这行字让我迅速地拉近与受访者的距离，可见外面的人对《龙江颂》有多么的亲切，可当他们问起我："《龙江颂》的故乡变化大吗？"我经常无言以对，我难以启齿去对关心洋西村的外面世界的人们说，洋西村还是贫困的，公字闸下流过的水漂浮着很多垃圾，龙江风格纪念馆几建几撤……即便那时洋西村已经拥有一位了不起的村支书，他叫郑霜高，一位早期富裕起来的经济能人。他前后捐资垫资两百万，为洋西村建小学，让孩子们轮流上课的历史翻过去。他为洋西村铺设多条水泥路，让村民走的路不再泥泞不堪。他为洋西村修缮村部，让村民找村干部办事有个地方，等等，他也因此被誉为"现代江水英"，但我仍在《龙江人寻找〈龙江颂〉》一书中发出这样的疑问："仅凭一村支书的力量，又如何举起一座村庄的希望？"

二〇〇四年一月，我从龙海调到厦门工作，时不时会有人希望我能带他们去洋西村看看。在这样看似轻而易举就能实现的希望面前，我时常感到为难。我很怕客人兴致勃勃来到家门口时，充满疑惑地问我："为什么这个在历史上创造出宝贵精神财富并名满全国的村庄，如今还是这么落后？"历史上做出贡献，而今应享有荣光，尽管这两者并不一定是对等的，但善良的人们总会有如此善良的愿望，这明显是正向的思维，无可厚非。

平心而论，龙海市、榜山镇、洋西村历任领导班子都在为《龙江颂》的故乡旧貌换新颜而努力，但不可否认的是，巨变发生于二〇一六年。九龙江畔、洋西村口，竟然建成一个占地面积达两百八十亩的生态文化园，公字闸、砖瓦窑、西溪桥闸、龙江精神展示馆等，这些承载着龙江精神的建筑，是这座沟渠纵横、花红草绿的江畔园林中最闪亮的点。龙海市各级党委、政府希望通过展示、研究和旅游，来活化龙江风格，进而带动洋西村的民生改善。

二〇一六年四月，我第一次满怀自豪地邀请客人来到《龙江颂》的故乡做客。他们是我所尊敬的师长与朋友——两岸知名摄影师蒋铎、黄子明、郑石明、林世泽、刘子正、余信贤、王火炎等。他们用手中的金镜头，为这块曾滋养我生命的土地——龙江风格发祥地，留下许多宝贵的照片和发自肺腑的感言。新闻摄影终身成就奖获得者、人民日报高级记者蒋铎说："京剧《龙江颂》在我们那一辈人中几乎无人不知无人不晓，这次能够到《龙江颂》的故乡看看，特

航拍"龙江大队"——洋西村全景图。图/王火炎

历经五六十年风雨，公字闸依然矗立在洋西村村口。图 / 王火炎

"农业损失副业补"的砖瓦窑，如今成为村里的历史遗址。图 / 林世泽

别是看到一座正在建设中的新时期农村,真的是非常有意义的事。"在两岸很有影响力的摄影家、台湾地区中国时报摄影中心主任黄子明说:"看到保存如此完好的砖瓦窑,让我蛮惊讶的,大陆在保护历史遗迹这块做得越来越好了!"我们的《龙江颂》故乡成为大陆历史遗迹保护的窗口,这不能不令人感到骄傲。

此后,我多次回到洋西村,而二○一七年中秋节,我决定邀请孩子和我一起回来驻村……

在龙江精神展示馆里,儿子甘也连看了三遍那三分钟的微视频,每看完一次,他都对林兆明馆长恳请道:"伯伯,能不能再放一遍给我看?"孩子对那段堵江截流的历史故事那么感兴趣,林伯伯自然乐意满足他。当看到展示馆里收藏我的书《龙江人寻找〈龙江颂〉》时,他开心地对我说:"妈妈,你真不了起!"

"不,孩子,真正了不起的是那些创造龙江风格的人!"我郑重其事地对甘也说:"妈妈只不过是一个写作者,去找回一些被人遗忘的珍贵历史,又记录下一些正在发生的感人故事而已。"

走过公字闸

月色满怀,江水盈盈。

公字闸静静地伫立于九龙江边。当走过它时,我的耳边又一次不由自主地回想起《龙江颂》里江水英劝李志田的话:"莫叫'巴掌'把眼挡,四海风云胸中装。"

一九六三年,龙海发生千年大旱,十万亩良田急需江水灌溉。龙海县委决定堵江截流,堵江地点就在榜山公社洋西村,这将使榜山公社一千三百亩良田受淹。

如何做通群众的思想工作来使他们支持堵江截流呢?突破口就在堵江地点所在的洋西村,只要受损最多的洋西群众想通了,其他村的群众也就会跟着支持。

一九六三年,洋西村和全国乡村一样,刚刚经历三年自然灾害,极度贫困,却要让他们支持淹掉自己赖以生存的良田和瓦窑。当年最常用的做通思想的工作方法——忆苦思甜，就在洋西村的夜晚里展开。

五十多年后的这个中秋夜，入住在江边的民居，我似乎听到一九六三年的窃窃私语。因为家家户户都在议论，后来他们又集中到队部，窃窃私语也就响成一片，变为吵吵嚷嚷。

这时，坐在角落里的农民郑水龟突然说："我们不能光顾自己，堵江引水，淹掉一部分田，换来几万亩好收成，这是'丢卒保车'，很值得！"

在洋西村民表示支持堵江时，其他几个村也就不再反对。榜山公社代表徐学文就在全县堵江现场会上表态："小利服从大利，小我服从大我！"

徐学文的这句话和郑水龟的"丢卒保车"上了《人民日报》等全国各大报纸，成为广为传颂的名言。

洋西村

洋西村是是闻名中国的《龙江颂》的发源地。二十世纪六十年代初九龙江流域发生特大旱灾，龙海县几十万亩农田急需引水灌溉，洋西村人发扬自我牺牲精神，在堵江截流中淹掉一千多亩自家庄稼，挽救了其他公社的广大农田，成就了龙江风格，为世人所传颂。

一九六三年九龙江西溪抗旱堵江的劳动场面。图／郑厚根 蔡明辉提供

堵江之后，有了水，社员日夜抓紧车水灌田。图／郑厚根 蔡明辉提供

丰收的喜悦。图／郑厚根 蔡明辉提供

他们真能讲出这样的话吗？从一九九七年第一次接触到龙江风格历史起，我就一直在质疑它们的真伪，花了很多时间，通过多个渠道去求证，结果证明这真是"出自田夫野老之口"的"名言"。也正因此，每回走进这个村庄，我总是情不自禁地做些记录，似乎从这些语言中淘到闪亮的金子。

一九九九年，我第一次走进这个村子，是由榜山镇宣传干部曾志军用一辆半旧不新的摩托车载进去的，此后，我又进行过很多次田野调查，都是他用摩托车不辞辛苦地载着四处奔波。直到今天，回忆起十几年前的那一个个画面时，我内心依然不可抑制地涌起对他的感激之情。

那年，郑水龟已经去世了，当年的大队支书邱程溪也不在了。我们找遍全村，终于在田野里见到大队长郑流涎，他正赶一头牛吃草。我在那天的日记里写下对他的第一印象："他的背有些佝偻，胡子拉碴着，满脸沟壑。"我们并排坐在公字闸上，江水正从桥闸下缓缓流过。"那都是党的英明领导！"这位江水英的原型人之一，翕动着厚厚的嘴唇对我说出第一句话。记得当年怀疑成性的我，盯着他的双眼，似乎想要望到他的心底，去探一下这句话是不是真的从心底里说出来。"而他眼神里流露出的单纯的忠诚，却让我没有权力怀疑这不是他的心里话。"我在日记里这样写。

中秋夜，我们走过公字闸时，我又一次想起他说的那第一句话。大队长郑流涎也不在人世了，十八年前，我采访他时，他都七十三岁了。但他的心声还在。

江水英的原型是一个群体，而不是某个人。这个群体，包括龙海县委书记刘秉仁、榜山公社书记苏海成、洋西大队支书邱程溪等丢卒保车、堵江抗旱的集体干部。因为戏剧冲突的需要，在样板戏《龙江颂》里，大队长李志田是作为"反对派"出现的，他起初反对在龙江大队堵江，但后来被江水英说服了。事实上，当年的大队长郑流涎一开始就支持把堵江地点定在洋西。所以，在《龙江人寻找〈龙江颂〉》一书中，我还了他历史本来面目。

而今，江水英原型人在世无几，八旬老人郑饭桶就是其中稀有的一位。

作为当年的榜山公社副书记,他分管水利工作,至今对水利设施公字闸特别有感情。公字闸是缘于戏剧《龙江颂》里的命名,这并不是本名,它最早名为"旱涝保收闸"。洋西村位于九龙江畔,不怕旱只怕涝。所以,榜山公社决定建水闸来调节江水,建闸工程就由郑饭桶来主持,一九五六年开始建,一九五七年建成使用,解决了洋西村易涝的问题,大家便叫它"旱涝保收闸",至于叫公字闸,那是在京剧《龙江颂》唱红大江南北之后了。

驻村时,我会散步到公字闸,情不自禁地停下来抚摸着闸体那粗砺的条石,我的手似乎还能触摸到五十多年前热血沸腾后的余温。

西溪水流淌着乡愁

尽管已进入秋天,但闽南的阳光还是那么灿烂。它照在远方的西溪桥闸、近处的龙江精神展示馆,还有那望也望不到边的花团锦簇的生态文化园。

徜徉在绿意盎然的九龙江西溪江畔,我不禁回想起一年前,二〇一六年五月回洋西村驻村的情景。

那时,"龙江颂歌"主题文创园正在如火如荼地建设中。目光所及,主题公园分为龙江文化园和古窑陶艺文创园两大区域,以龙江风格为精神载体,结合周边古窑遗存和生态环境,注重展示、研究、旅游三大功能,重点对龙江风格发源地宝珠岛进行生态修复,对周边古窑遗址,结合陶艺创作进行提升改造,进行宜居生态环境综合整治。

记得"龙江颂歌"主题文创园的主体建成后,正值"七一"建党纪念日,全国各地党员络绎不绝地到龙江精神展示馆参观学习。龙江精神展示馆是由当年的水利管理所修建而成。

依据固有设施进行整治、活化,既节省资金,又留存历史,这一做法一直贯穿整个西溪生态文化园的建设。

"龙江颂歌"主题文创园建成后,龙海并未停止继续往前走的步伐。以"龙江颂歌"主题园为核心,西溪生态文化园向西溪岸边绵延铺展。建设过程,

龙江精神展示馆人气高。 图／王火炎

其实更多的是整治过程，这个园区充分结合九龙江优美的自然风光，利用西溪一条龙水系的天然优势，巧妙利用原有的地形、地貌、水系，建成占地两百八十亩的生态文化园。

我曾经借着航拍机，俯瞰整个西溪生态文化园，河汊密布，绿意葱茏，古意盎然，又生机无限。我真的很难相信，这里曾经是杂乱的河滩地，有十几家废旧塑料加工厂和胶合板场，时时污染着母亲河九龙江。

而今，那些杂地、荒地、河滩地"变废为宝"，被打造成呈现在我们眼前的生态文化园。

夕阳西下，我们在龙江精神展示馆馆长林兆明的陪同下，沿着九龙江支流西溪江畔散步。远处，是朱熹曾讲学过的云洞岩和白云岩，还有佛教道场瑞竹岩、历史上兵家必争之地万松关；近处，是连接漳州和龙海的交通水利

闽窗德陶艺馆。图/王火炎

两用的西溪桥闸。这座大桥建于二十世纪七十年代,既当桥又当闸,而今它的交通功能已被新西溪大桥所代替。"但这座桥闸是很多龙海人乡愁的寄托",林兆明先生对着不远处的西溪桥闸深情地说,"几十年来,我们每次从漳州回来,车子一上西溪桥闸,就知道快到家了,心里就涌起阵阵暖流"。西溪桥闸就建于一九六三年堵江抗旱的那条大坝附近,当然,那条临时性大坝早在当年完成拦水抗旱的使命后被拆除了,但人们仍然在它附近建了一个观潮亭,退潮时,站在亭上,便能看到当年的遗址。

走在西溪江畔,我们时不时遇到在江边等鱼上钩的钓客、结伴锻炼的老人、奔跑嬉戏的孩子、还有慕名而来的游客。

彻夜织草袋、挑着沙与潮水赛跑、在急流中打桩……当年,堵江抗旱的情景已化为历史,但它却在新时代里发出更大的回响……

砖瓦窑的火熄而不灭

二〇一五年十二月,洋西村最后一个砖瓦窑的火熄灭了,从此这窑瓦就被当作纪念物永久地保存在那里,而今人们只能站在窑门外想像当年的烧制过程和村庄砖瓦窑的兴衰史。

的确,从某种意义上说,洋西村的村史是一部砖瓦窑的兴衰史。

洋西村烧砖瓦有五百多年的历史。据老人们说,他们刚懂事时第一件明白的事是村里是烧砖瓦的,烧砖瓦是他们要学的第一门看家本领。

洋西村烧砖瓦占尽天时地利。它处于九龙江最大的一块冲积平原上,阳光和雨露交替滋养着这里的地面。随便从地里抓起一把土,使劲攥,你的指缝会渗出油来,这样的土质烧出的瓦能不好吗?洋西村的瓦又叫上溪瓦,九龙江水从村口流过,用这里的水搅和这样的泥,加上祖传的手艺,出窑的砖瓦,十年也不起灰。

一百多年前,洋西人就通过村口的三条独木桥、两个摆渡口,把砖瓦卖向滚金流银的江南水乡。

一九四九年前,临江而居的洋西村没有现在又高又直的大桥,只有险危的独木桥,老人们还记得这一座桥叫险桥。在堵江地附近往龙文区方向,还有一座桥叫渡口港桥。两个渡口,一个叫洋西渡船头,另一个叫渡头渡船。他们的船从渡头驶出,就可直驶福州、泉州和厦门等地。遇上八月大风浪,独木桥走不了,渡船头出不了船,村民们只好望着砖瓦一窑窑出来干着急。也有不怕死的,顶着风浪而行。每年八月都会有人载着一船砖瓦一去不回头,葬身大海了。八月一过,生意又红红火火。

一九四九年后,尤其是改革开放以后,家家户户盖起新房,很多人一盖房就想到洋西的砖瓦——上溪瓦。到了二十世纪八十年代,洋西村是远近闻名的瓦窑专业村。

人们说,洋西村是块宝地,这里的土壤不仅催生龙江风格这笔宝贵的精神财富,还滋养了具有五百年历史的传统手工艺。世世代代传下的烧窑手工艺使村民们安家立业。

但是，到了二十世纪九十年代，优越的自然条件和传统的手工艺对生产力的制约和反作用日益明显。这个问题在五百年前洋西老祖宗那儿是优势，在一九四九年前，甚至到了二十世纪八十年代，在洋西砖瓦业盛极一时的时候也并没有显示出来。可是到了二十世纪九十年代却变得如此明显，以至很多人无所适从，有五百多年历史的看家本领、传统手工艺怎么可能过时呢？当洋西人守着温暖的砖瓦窑过着小富即安的日子时，榜山镇的许多人早已披荆斩棘杀出一片新天地。洋西人与九十年代初风起云涌的经济浪潮永远擦肩而过了。

二〇〇〇年前后的十几年里，是龙江大队——洋西村经历的阵痛期，经济发展始终处于摇摆状态。

由于市场需求越来越小，砖瓦窑不得不接二连三关停，洋西人分成两拨，一拨出外做生意，一拨在本地办厂。造纸厂在洋西一度十分兴盛，但造纸厂地处母亲河九龙江江畔，污染严重，极大地污染了江水，九龙江是厦门等多个沿江市县百姓的主要饮水水源，造纸厂被关停是迟早的事。

龙海市、榜山镇两级党委、政府及洋溪村两委抓住西溪生态文化园的建设契机，对西溪江畔的脏乱差进行彻底整治，关掉多家污染企业，引导村民走乡村旅游之路。

随着龙江风格主题文创园和西溪生态文化园的免费开放，学习参观者和游客络绎不绝，龙江精神展示馆馆长林兆明和他的同事们每天都要接待好几拨参观者，有时讲解得嗓子都快哑了，但他们还是不厌其烦："你想，人家连新疆建设兵团都从那么远的地方赶来，我们怎么能草草应付呢？"

参观者与游客的到来，很快带动附近的餐饮和民宿发展起来。依靠参观者与游客的消费来带活当地的产业，也预示了龙江风格主题文创园和西溪生态文化园将对洋西村的经济发展起到拉动作用。我是那么真诚地希望这个有着持久生命力的洋西村能在绿水青山留乡愁的时代，焕发生机。

拾福份。图／林财民

洋西山北"拾福份"

每年农历六月十五,是洋西村山北社村民在村内广平宣王庙举行极具特色的民俗仪式——"拾福份"的日子。这一传统民俗已传承七百多年。

据族谱记载,宋高宗年间,郑伯可由莆田至山北村开基,渐成村落,沿用河南祖地习俗,建庙祭祀周朝的广平宣王姬静,因为郑氏的远祖是姬姓。洋西郑氏后来播迁至台港澳等地,成为数十万郑氏的祖地。

史料证实,郑成功先祖从洋西播迁至南安,洋西是郑成功更早的祖籍地。为表达祈求宗族繁荣昌盛的愿望,洋西郑氏祖地出现为鼓励繁衍后代而告知先祖的独特民俗活动——"拾福份"。

"拾福份"历时三天。唱社戏、拜祭村庙供奉的广平宣王后,村民们通过问卜的方式选出一头"福猪"牵到庙前,用红丝线把两朵花系在一起,搭在"福猪"脖间。随后,村中有威望的长者对着"福猪"叩头跪拜,巡酒三回。此时"福猪"会温顺地跪伏在庙埕供桌前。长者再斟酒置于广平宣王案前,行三跪十二叩首礼,开始宰杀"福猪"。

"福猪"宰杀煮熟后,切成肉块分发给郑氏宗亲,称为"拾福份",寓意宗亲们都能享受到祖先带来的福气。

\ 石码渔业大队 \
满载光荣史的海上飞

石码渔业大队，现在正式的名字是"石码镇渔业社区"，但人们还是喜欢叫它的老名字——"石码渔业大队"。叫这个名字，人们便会联想起连家船，联想起它在厦鼓战役中的英雄事迹，联想起它曾经是东海渔场上的"渔业大寨"。总之，这个名字承载着它光荣而厚重的历史。

今天的石码渔业大队并不只是一个小渔村，而拥有分布在石码镇边上的西头、过港、桥口、东市场四处的居民小区，住宅楼二十八栋，有住户一千两百四十多户，总人口四千六百多人。

社区居民主要从事海洋捕捞作业，全社区拥有大小渔船一百零五艘和专业渔船码头两个。

为什么细数船只数量、住房数量？因为渔业大队的历史是从连家船开始的，渔民在历史上居无定所，生老病死都在船上。这样的境况直到二十世纪五六十年代才得到改善，而今所有的渔民都已实现岸上定居。

所以，我们对这个渔村的探索，便从一条连家船开始。

连家船

二〇〇七年十二月十九日，阳光灿烂的午后，我和台湾地区摄影家黄子明寻觅到龙海桥附近，终于看到停泊在江面上的连家船。和煦的冬日暖阳下，

航拍石码。图 / 王火炎

黄中谷夫妇正在船上拾掇家什。

连家船就是黄中谷夫妇在海上的家。他们刚刚出海回港，回港前，已在厦门海域捕鱼三个多月，生产生活全在这条船上。

七十岁的黄中谷蹲在船沿上，一边磨刀，一边与我们聊天。他和妻子黄阿眉都出生在连家船上，从小就相识，可谓青梅竹马，他们都没上过学，童年与少年时光都在船上渡过，黄中谷承担家里最重要的活——捕鱼，黄阿眉只管烧饭做菜洗衣，以家务活为主。二十二岁时，同岁的他们结婚了，婚礼也是在连家船上举办的。黄中谷的父亲和许多渔民父母一样，在儿子成婚时，为儿子造了条新的连家船，它成为这对新人的婚房，从此，两人就在这只连家船上开始了他们休戚与共的人生。

黄中谷夫妇有一对儿女，这对儿女与其父母不同，他们都出生于石码医院，但不久，他们都被带到船上来生活，因为父母都要出外捕鱼。学龄前的几年时光，他们与父母在海上生活，小小年纪便经历狂风大浪，品味了人生的风风雨雨。比父母幸运的是，他们都在适龄时进入渔业小学读书，直到高中毕业。高中毕业后，儿子回到船上跟着父母捕鱼两年，觉得生活辛苦枯燥，便离开连家船出外打工。女儿高中毕业后不久就出嫁了，女婿不是讨海的，所以，她也彻底摆脱了连家船生活。

黄中谷夫妇依然出外讨海，他们讨的是小海，主要在厦门市高崎一带。从石码出海到高崎，大约需三个小时的水路，到了高崎海域，夫妇俩白天跟着水时讨海捕鱼，返回时停靠在高崎岸边。这时，就会有小贩来找他们买鱼，如此新鲜的海鱼很受厦门市民的欢迎，常常很快被抢购一空。

从早到晚，从晚到早，夫妇俩都住在这条船上。生活起居的所有家当也都在这条船上，初看，看不出这小小的一条船能装多少家当，等黄阿眉掀开床板的其中一块，我们便发现里面别有洞天，船肚子里不仅装有席子棉被，还有米油菜，当然还有灶具，烧的是罐装液化气。把液化气罐放在船上，让我们不免担心起人船的安全来。黄阿眉安慰我们，每天都小心翼翼，烧火时，

二十世纪八九十年代,渔业社区的渔民以船为家。图/张石成提供

火不敢开大，晚上睡觉前，还要仔细检查，以防漏气。

冷天在船上睡觉，睡得暖和，也需要技巧。除了被褥需厚实保暖外，船只要尽可能停靠在避风之所，迎风的那一头要挂上帆布挡风。碰上下雨天，就较麻烦，雨大了，怎么挡也都有雨水打进来，有时一晚上都睡不安稳。

船上没电，只有一盏点煤油的风灯，舍不得点，常常早早就熄了，夫妇俩就在黑暗中对话，从彼此的话中取暖。为了省电，手机常常处于关机状态，因为船上无电可充，紧急情况发生或有急事需与儿女联系时，才开机，所以，当我们向黄中谷要手机号时，他没给，说我们要了也没用，儿女一样没法主动联系他们，只有等着父母自己来电话报平安。

在我们眼里艰辛无比的生活，在黄中谷、黄阿眉夫妇的讲述中显得云淡风清。

庆幸的是，与历史上的连家船渔民根本不同，黄家在岸上有一套两房一厅的套房。夫妇俩热情地邀请我们到他们岸上的家里泡茶话仙。

阳光渐渐西斜，把黄中谷夫妇的影子拉长，我们跟随在他们后面，看到这对老年夫妇走路时，双脚圈成"鸭母蹄"，这是他们在船上生活七十年的结果，为了保持身子平稳，走在船上时，他们不得不双脚向外张开，撇着腿走路。连家船上的疍民几乎都是这样的走姿。

从船上到陆上

连家船，是一九四九年前分布在福建、广东、广西和海南四省区的疍民渔船，他们在岸上无居所，终年在海上漂泊。"连家船"这名字有来历，一是因为船只不只用以捕鱼，还是渔民整个家的所在，故名"连家"；二是因为船只在海上常遇大风浪，即使回港，遇台风也是非常危险的，所以，必要时，船与船之间就用绳索连在一起，以提高每条船只的抗风险能力。

一九四九年前，大陆沿海的这些连家船，没有哪户渔民在岸上有固定居所。年老体衰无法捕鱼时怎么办？有的老渔民把伴随毕生的破旧得只能报废的渔船,推回岸边,在船底下支四个小柱梁,在船上披上旧篷子,就成了渔寮,以让自己度过余生。也有的是由儿女找来十几根木柱或竹柱,在滩涂处支起一个架子,四周用破旧的船板围着,上面再盖一个破篷子,便成木寮。更简陋的是用草搭的,叫草棚。即便如此简陋,能住下的也只是一小部分,更多的人,最终老死海上。

可见,疍民的人生艰辛而危险,尤其是碰上台风天,船毁人亡是常有的事。

一九四九年后,上述四省区的政府部门着手解决连家船渔民上岸定居的问题,龙海在这方面作出表率。

一九五六年,龙海市政府的前身——龙溪县政府拨款一万三千元在石码西头厝附近建砖木结构平屋十七间,安置渔民十七户、八十五人。这是龙海连家船疍民第一次上岸定居。一九六〇年,政府又拨款十四万元,建两层楼,让一百一十六户、三百四十八位渔民上岸定居。值得一提的是,一九六〇年正值中国经济的困难时期,很多人处于挨饿状态,而县政府却一下子拿出这么一大笔钱来为疍民建居所,实属难得。此后,每隔一两年,就会有一批连家船疍民上岸定居。进入二十世纪九十年代,砖木结构的房子被推倒,换上六七层高的楼房,越来越多的疍民上岸定居。

截至二〇〇〇年,石码渔业居委会全村居民在陆上定居的房子共有一千一百八十四间、五万四千九百一十九平方米,居住人口约四千三百人,基本实现陆上定居。我们驻村时,渔民已全部实现陆上定居。

黄中谷夫妇的房子,就在港边八号楼的一楼。这是一幢建于一九九七年的七层楼,采用渔民集资、政府资助的方式建起来。当年,黄家每月的收入不到百元,但还是掏出所有积蓄加上农村贷款,共筹一万元,买下一套两房一厅的套房。从此,不出海时,他们便有了一个温暖的窝。

我们造访时发现,尽管距买房已二十年了,但房间还是洁净崭新,虽然摆设简单。客厅里有两样东西引人注目,一个是神龛,这是出海人家家户户必有的,另一样是悬挂在正墙上的书法作品,"那是我孙子写的!"朴素的

连家船、捕鱼网、即使休渔期也爱到码头乘凉，这就是渔民的生活。图／黄子明

乡关年月

黄中谷对我们说这句话时，脸上露出得意的神色。

黄中谷的孙子也结婚了，这让我们难以想像。不过经黄阿眉一计算也不足为奇了，他们夫妇二十二岁时结婚，儿女也在二十出头时结婚，而两年前二十多岁的孙子也结婚了，一年后为他生下曾孙。

所以，至今还在讨海的黄中谷夫妇已当曾祖父母了。

黄中谷夫妇的人生历程，其实是石码渔业居委会许多渔民的人生缩影。

光荣的村史

我们驻石码渔业村的第一天，正是张传的"七日"，所谓"七日"，闽南人指人去世后的第七天。张传在我们驻村的一周前，永远离开他深爱的渔业大队和渔民兄弟。渔民兄弟们打出"挥泪惜别老英雄张传"的蓝布黑字横幅，全村渔民自发地为他送行，队伍在石码街道上绵延不绝。

张传的人生终止于八十九岁。尽管是喜丧，人们还是无限不舍。

八十九岁的张传是参加厦门鼓浪屿解放战役的石码渔业大队一百二十八名英雄中最后一位离世的。

一九四九年十月二十五日，"厦门鼓浪屿解放战役"，石码渔乡共出动渔船一百五十七条，船工一百二十八人，运送解放军渡海作战。参加战役的四条船只中，就有一条石码渔船，十二名船工中，就有一名是石码渔民船工。

"起初大家也都怕死，共产党进村入户去做思想工作，说服了一百二十八名船工参与解放厦门鼓浪屿的战争"，陪我们采访的张石成老人回忆道："船工的主要任务是运送解放军渡海作战。"渡海过程也是个解放军与船工的磨合过程，渡海那天，风大，船只得按"之"字形前进才能减少阻力，但没有当过渔民没划过船的解放军并不知晓这个道理，加上，解放军不懂闽南话，而船工却只会讲闽南话，双方沟通不顺畅，解放军还一度误会船工想要逃跑。"我们石码渔民是血性汉子，既然答应了，死也不会退缩"，近几年忙着为石码渔业大队整理村史的张石成扼腕而言。

被蒋介石称为固若金汤的厦门和鼓浪屿很快就解放了,但石码渔民船工却有二十七人壮烈牺牲,有三十五人光荣负伤。

驻村时,我们专程来到渔村里的厦鼓战役英雄纪念室,缅怀渔民英雄。

张水锦,一家五口全部壮烈牺牲,他们获得"特等功臣"殊荣。张凤山,就是张传的父亲,也在战役中牺牲,他和其他多位牺牲的船工获得"一等功臣"殊荣。

张传,虽在战役中受伤,但活下来了,他被授予"二等功臣"。从此,他成为英雄事迹的亲历者和英雄事迹的传播者。近七十年来,他在许多场合,面对不同人等,生动讲述为共和国解放事业而与死神搏斗的生死瞬间。那时,与父亲一起载着解放军冒着枪林弹雨、穿越狂风巨浪的他,只是一名未满十九岁的小伙子。

但命运似乎觉得对这位渔民小子的考验还不够。一九五九年,"八二三"福建特大台风来袭,张传的一对"虎网船"翻船入海,船上的妻子和弟媳被狂风巨浪卷走……痛失发妻的张传,那年才二十九岁。

第二年,一九六〇年,张传被评为全国民兵楷模,第一次进京接受表彰,受到中央领导的亲切接见。全国民兵"群英会"的欢乐场景与厦鼓战役的悲壮画面,时常交织着出现在张传的回忆里,这些悲喜交加的回忆,温暖着他的后半生。

随着张传的远行,石码渔业大队一百二十八名厦鼓战役英雄,全部走完他们的人生,但他们的事迹还在村里代代相传……

渔业大队的光荣史在二十世纪七十年代又迎来一个高潮,它成为东海渔场的"渔区大寨",年产量最多达十四万担,还出现全国第一对女子外海捕捞船。

传统上,以捕捞为主的渔船都不允许女子上船,说女子一旦上船,船运就会大受影响,小则捕不到鱼,大则船翻人亡。可一九七五年,一对由渔家妇女组成的外海机动捕捞船,从石码港口扬帆起航!这对船分主、副,船上除了安排几个男渔民当顾问,船长、船老舣、轮机员和水手,均由女渔民担任。

二十世纪五六十年代，正拉网捕鱼的渔民。
图 / 张石成提供

石码渔业社区

　　二十世纪六十年代，石码渔业大队在内江内海小船捕捞的基础上，逐步发展出一支浩浩荡荡的外海捕捞船队。一九七五年，一对由渔家妇女组成的外海机动捕捞船诞生，船上除了安排几个男渔民当顾问，船长、船老舵、轮机员和水手，均由女渔民担任。她们就像海燕一样翱翔于东海，这对妇女船被命名为"海燕号"。

她们像海燕一样翱翔于东海,当年被命名为"海燕号"的妇女船,常年和男渔民驾驶的渔船一起,乘风破浪,驰骋于东海各个渔场,连年创造捕鱼高产的好成绩,被称为"海上飞",一时闻名于南北渔场。

当年的"海上飞"如今个个成了阿嬷,船长张碰菜已当上曾祖母。尽管平日里忙着带孙子曾孙,享受天伦之乐,但逢七月一日建党纪念日等有意义的节日,她们还会聚在一起,忆当年峥嵘岁月。

当年,渔业大队的织网厂也是渔家女施展才华的舞台。驻村时,我们遇到时任织网厂厂长的张玉兰,而今已是八十七岁的张玉兰对我们回忆起梭子翻飞的火热场景:"我带领一百多位渔家女织网,大家按领工分的方式得到报酬,而且队里对渔家女包吃包住包小孩读书,所以,我们干劲冲天。"张玉兰的子女也是在织网厂长大的,她有四个儿女,"有两个考上大学,还当上国家干部"。张玉兰当厂长四五十年,这数十年是她人生中的花样年华。

在渔业大队走访,我们分明感受到,许多老人对往昔时光的自豪与留恋。

为村庄续写历史

驻村时,渔民们还跟我们说起了一位日本姑娘,她叫藤川美代子,渔民们亲切地用闽南话叫她"米袋子"。

渔民充满疼爱口口声声说的"米袋子"——藤川美代子,出生于日本爱知县,二〇〇七年,还在神奈川大学攻读博士的她,在她的导师、出生于厦门的朱家骏的推荐下,来到厦门大学留学,在导师的帮助下,来到石码渔业大队做连家船田野调查。她住在渔村,与渔民一起出海捕鱼,食宿劳作都在船上,真切地感受到连家船的艰辛与精彩。她还在渔业大队里认了对干爸干妈——张地棍夫妇。干爸干妈视她如己出,不仅带她出海,即使她在岸上,也常能接到从海上归来的干爸干妈的电话,邀她去停泊的船只上分享渔获。近三年后,"米袋子"回到日本,带着上万张照片和丰富的研究成果,"袋子"真正满载而归。

渔业大队连家船文化为外界所熟知,作家张亚清功不可没。我最早对渔业

二十世纪五六十年代,渔业大队丰收盛况。图/张石成提供

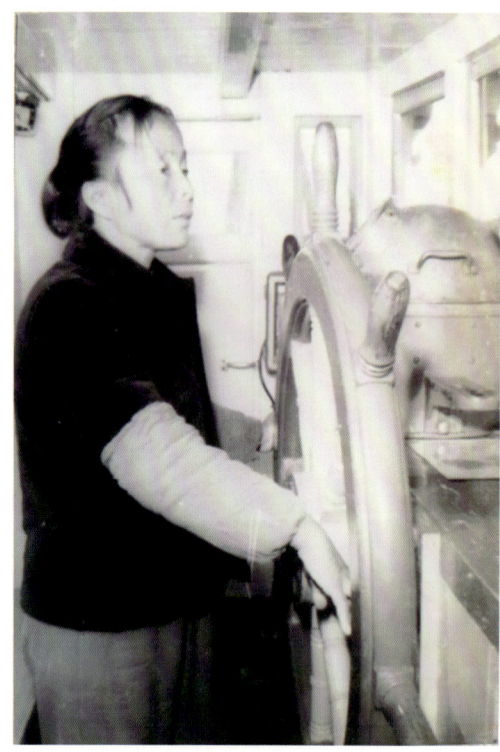

二十世纪七十年代"海燕号"妇女船的女船长。
图/张石成提供

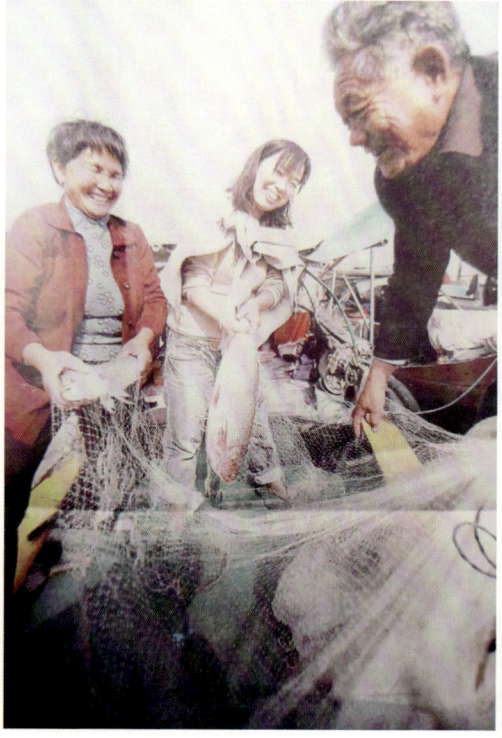

二〇〇七年,藤川美代子跟干爸干妈在船上捕鱼。
图/张石成提供

大队感兴趣，就是因为读了张亚清先生的《九龙江连家船》。张亚清的人生也充满传奇与励志，他出生于渔业大队，父母都是渔民。青年时期的张亚清因为文章写得好，被选调进龙海县委办公室，从此走上"写而优则仕"的道路，退休前担任漳州市委宣传部副部长、闽南日报社社长。无论在哪个岗位上，他都心系渔业大队和连家船，反过来，故乡与连家船又为他提供源源不断的创作源泉。除了《九龙江连家船》外，他还与藤川美代子、张石成合作出版《即将逝去的船影》。退休后，张亚清依然利用各种平台宣传故乡，比如他曾经在福建教育电视台的海西文化讲坛上开讲《九龙江上的吉普赛人》。

张亚清为故乡著书立说，也带动渔民张石成自发参与其中。我们到渔业大队驻村时，张石成陪我们参观连家船、小学、庙宇，热心地为我们解说，平日里，他写了一册又一册的渔业村史，举凡生产劳动信仰习俗，他都用心记录，编辑成册。

渔业大队里乐意为渔民无私付出的人还有不少。比如七十五岁的阮端，这几年来，每天早晨五点就来到镇东宫侍奉水仙尊王，直到傍晚五六点才回家。水仙尊王是渔业大队渔民们主要的民间信仰，供奉水仙尊王的庙宇叫镇东宫，它位于港口边上，护佑着出海的船只平安出航，满载而归。阮端也是位渔民，讨海到六十八岁才上岸，之后，他就一心一意当起镇东宫的义工，天天到庙里来为水仙尊王添茶，进香，净室。

历史是人写的，村庄里拥有张亚清、张石成这样的书写者，有阮端这样的守护者，是这个村庄的荣幸，否则消失的也就消失了。因为有张亚清、张石成等写作者的传诵，有阮端等义工对民俗信仰的传承守望，渔业大队的集体记忆就被留存下来，村庄的历史因此变得丰厚了。

我们在渔业大队驻村时，特意到厦鼓战役事迹纪念馆参观，纪念馆里的介绍，前言部分开篇就写到，这里是作家张亚清的《九龙江连家船》的故事发生地。可见，渔民们对张亚清对村庄的书写是很认可和感激的。他们以如此简洁朴素的方式表达对这位同乡及其作品的敬意。

石码五香。图／林财民

石码五香

五香是龙海传统名小吃。长期以来，每逢过年过节、婚寿喜庆，家家户户必备卤面，配以五香条来招待亲朋好友，这已成为石码的传统民俗。

石码五香的主要原料是猪瘦肉、淀粉、洋葱、精盐、味精、砂糖、五香粉。具体做法是：先把猪瘦肉切成小块，加上适量淀粉、葱花、精盐、味精、砂糖、五香粉，用适量的水调研成馅，以豆腐衣为外皮，裹成直径两三厘米的长条状的生坯。食用时，先在油锅中放入适量油，中火至油五成热，放入生坯炸三五分钟，待五香条成金黄色浮上后，即可取出，切成若干小段，配上蕃茄汁、辣椒酱或酸萝卜片，趁热吃，外酥内嫩，醇香可口，回味无穷。

五香是流传在闽南一带的风味小吃，有悠久的历史。号称"五香大王"的"石码常满五香"由张渊军集各家之所长，经十六年的不懈努力研制而成，配方进行了系统改良，采用传统手工制作工艺，选用上等猪瘦肉，调以上等佐料精制加工，远销厦门、泉州、福州、莆田、龙岩及港澳台等地。在二〇〇〇年第二届中国烹饪协会评比认定活动中，"石码常满五香"从全国众多知名小吃中脱颖而出，成为漳州市唯一荣获"中华名小吃"荣誉称号的产品。

\ 浯屿岛 \

浪尖上的英雄岛

  数十前,浯屿岛就闻名遐迩,不因为它是渔村,而因为岛上的那支女民兵。

  在持续多年的两岸对峙中,浯屿岛是福建边防前线的重要据点,在炮火纷飞的日子里,出现一支以林水仙为队长的女民兵队伍。在两岸关系最紧张的时候,岛上居民全部撤离,留下二十四位男民兵和四位女民兵,在长年积水的山洞里,坚守了一年。

  多年以后,林水仙自豪地对我回忆起那段悲壮而峥嵘的岁月:"随时都可能死,但我们一点儿都不畏惧,不是真的不怕死,而是心中充满着对党的忠诚、对人民的忠诚!"

  在成为母亲时,她都没离开阵地。女儿出生刚一个多月,她就把女儿抱到阵地上,演习时,女儿和发布机就跟着她到各个阵地,走到哪儿,孩子和发布机就跟着到哪儿,孩子背在背上,发布机抱在胸前,演习间隔时,把孩子从背上抱到胸前,喂口奶。在袭袭隆的炮声中,孩子一点点长大……

  这支女民兵还被称为"风筝姑娘",因为浯屿岛海域的风向和潮汐最适合放风筝,所以,两岸对峙时,大量宣传品都是从浯屿散发出去的。林水仙她们发明放风筝的妙法。风筝是伞形的,边沿用线穿起来,与风筝绳系在一起,风筝上就挂着一公斤重的宣传品,绳子上接近风筝处还有一炷香。风筝绳的一端

浯屿

浯屿与金门的大担、二担岛仅三四海里之遥，它处于厦门通向外海的航道上。浯屿岛的历史可以远溯至宋元年间，自古就是中国南方重要的海港，由于海疆战乱不断，自古为兵家所看重。全村拥有五六百艘可至南海与琉球的中远洋渔船、年经济产值近五亿元，现代的浯屿有"亿元村"之誉，被称为"中国第一渔村"。

航拍浯屿。图/王火炎

是风筝,它在空中飞翔,风筝绳的另一端是三角形木板,在海面上走,用于控制风筝的方向。借着风力和流水,风筝向金门飘去,当木板靠岸时,香也燃到风筝的绳子上,绳子断了,风筝散开,宣传品飘落在岛上的各个角落。

　　岛上的这支女民兵从来就未解散过,不同时期,总会有浯屿姑娘报名参加,林水仙时代,女民兵分文报酬都没有,甚至起初还要交伙食费,改革开放后有了一些补贴,现在每人每月有两千元的工资。

　　浯屿自古就是海上军事要塞。早在明洪武二十一年(一三八八年),朱元璋为防备倭寇,派江夏侯周德兴在福建沿海一带设置五大水寨,其中之一就是浯屿水寨。明末清初,郑成功经略厦门港,谋划驱荷复台,把浯屿、厦门、金门列为三大重要军事基地。据清道光《厦门志》记载:"浯屿据海疆扼要,北连二浙,南接百粤,东望澎湖台湾,外通九夷八闽,风潮之所出入,商舶之所往来,非重兵镇之不可。"

　　浯屿岛除了作为海上军事要塞名垂历史外,它还以对外贸易的要地出现

在历史书上。张燮在《东西洋考》中写道:"嘉靖二十六年,有佛郎机船载货泊浯屿,漳、泉贾人往贸易焉。"嘉靖二十六年是一五四七年,而漳、泉贾人往贸易焉的对象是葡萄牙的商船和商人,地点便在浯屿。所以,早在四百多年前,浯屿岛就已参与中国海上对外贸易。

而今的浯屿岛,军事色彩已淡化许多,渔村特色变得更为明显,曾经是龙海市最富裕的乡村。岛上村民有四千八百六十七人,大部分为渔民,拥有铁壳捕捞船三百六十七艘,辅助船六十二艘,人均年收入二万五千元。

二〇一七年八月十六日开渔节,我第四次来到浯屿岛,而早在一九八四年,我就以学生代表的身份第一次来到浯屿岛参观。数次登岛,我记录下三十多年间这座岛屿的起起浮浮。

目送

二〇一七年八月十六日那天,五十五岁的陈宝玉领着儿子林凯吉早早来到妈祖天妃宫，他们先拜天公，再拜妈祖，祈祷天公、妈祖保佑船只出海风平浪静、丰收归来。

陈宝玉要送的是生命中至亲的两个男人——丈夫和儿子，他们并不在同一艘船上。父子俩都是轮机长，但一艘船只需要一位轮机长。

尽管这是在休渔三个月后的第一次出海，一去往往是一两个月，而且正处台风季，但陈宝玉并不像外人想像的那样不舍和担忧。从小到大到老，这样的送别贯穿陈宝玉的人生。她是土生土长的浯屿岛人，从懂事起，她时常跟着母亲，来妈祖庙烧香拜拜，然后转身在庙口的海边送父亲上渔船。嫁人生子后，在丈夫每次出海捕鱼前夕，她会牵着儿子的手，来到妈祖庙拜拜，然后转身走几步就到海边，向已经登船的丈夫挥手送别。儿子十六岁首次出海时，她才知晓牵肠挂肚的滋味，但几次送行后，内心也就渐渐平复。"这是我们讨海人的生活，习惯了。"她平静地说。

陈宝玉的内心也不是没有焦虑，只是她焦虑的不是儿子出海，而是儿子至今未婚。林凯吉已经三十岁了，这在岛上属于大龄青年。没找到对象，是因为他一年有九个月都在海上吗？陈宝玉摇了摇头。也是，岛上男人一般到了十六岁就出海，但这并不影响他们娶妻生子，他们娶的大都是本岛姑娘，姑娘们从小就对男人们大半时间在海上漂习以为常。"他太害羞了，不知怎么勾搭女朋友。"陈宝玉认为儿子太腼腆，以至于不知怎么找女朋友，尽管浯屿人的房屋建得密密匝匝，休渔期姑娘小伙抬头不见低头见，但三个月的休渔期宣告今天结束，林凯吉出海时，还是只有妈妈相送。

所以，与别人相比，陈宝玉对妈祖就多了一份恳求，请妈祖保佑儿子早日成家，最好是这次儿子出海归来时，就有姑娘到码头相迎。

开渔的上午，妈祖庙里，烧香拜佛的人络绎不绝，有为儿子送行的母亲，也有为丈夫送行的妻子，还有为孙子送行的奶奶。

七十六岁的陈抱治，向妈祖供奉旺旺仙贝、火龙果、龙眼，祈求妈祖保佑她家的三艘渔船出海平安，丰收归来。陈抱治有四个儿子，都靠海为生，

二十世纪六十年代,林水仙等女民兵通过风筝向金门发送宣传品。图 / 沈彧

乡关年月

如今的浯屿岛，大部分为渔民，拥有铁壳捕捞船三百六十七艘，辅助船六十二艘。图／王火炎

大儿子开造船厂，其他三个儿子分别是三艘船的船主和老舣。就讨海的人家而言，能自己整一艘远洋的渔船就很了不得了，儿子们为陈抱治整了三艘。开渔前的喧天锣鼓声从海边传来时，陈抱治的神情舒畅，淡定中又有自豪。

三十岁未到的郭小娜，已是六岁女儿的母亲。她牵着女儿的手，来到妈祖庙，匆匆拜别。"孩子她爸要出海了，难过吗？"当被追问时，她停住脚步，有些生气地答："开渔了，怎么会难过呢？高兴都来不及了！"

岛上有一千零二十户人家，九成都以海为生。男人讨海，女人当家；男人赚钱，女人管钱；男人晒得黑黝黝的，女人养得白嫩嫩的。男人心甘情愿为妻儿在海上生死相搏，女人心平气和为远行的男人守着这个家。

这就是浯屿人家年复一年、代代相传的生活状态。男人不像外人想像的艰苦，女人也不像外人想像的孤独。生活永远是自己过了才知酸甜苦辣。

中午十二时，开渔啦！鞭炮炸天响，滚滚烟尘遮蔽了庙口女人们的视线，她们依稀可见渔船移动的影子，等浓烟散尽时，丈夫儿子的渔船已驶向远方，牵引着她们视线的是越走越远直到消失于海天间的背影。

远 航

三百六十七艘铁壳捕捞船浩浩荡荡出海，它们北上舟山渔场，南下海南渔场。一趟一两个月才会返航。

渔获怎么办呢？六十二艘辅助船紧随其后，向捕捞船收购渔获，有的当天往返，有的两三天往返一次。渔获大部分销往相距只有六海里的厦门。

一艘捕捞船，一起出海的有十人，大副、二副、轮机长、网手这四位是船上的核心力量，一般都是本岛渔民；其余六位为拉网拣鱼煮饭的船员，一般是从外地聘请。大副要么由船主兼任，要么由船主聘请捕鱼和管理好手来当，他不仅领工资，还对渔获进行分成，其他人都领固定工资，如轮机长一万元，船员六千元。

三十岁的林凯吉当了十四年的轮机长。海上生活辛苦而单调。因为机器二十四小时运作，管理机器的轮机长也就不敢多睡，一般一晚睡三个小时，遇到大丰收时，整夜忙也是常事。"有时连着两天两夜都没睡"，林凯吉说。

克服晕船是每一位出海捕鱼的渔民必须过的关卡。内海还好，船只一进入外海，剧烈颠簸，船上的人们大部分会不住地呕吐，如五脏六腑被翻了几遍，痛苦不堪。几次出海、几次翻江倒海呕吐后，大部分人渐渐适应。小部分人难以适应，痛不欲生，最后只好留在岸上另谋出路。

出海的人们，不再晕船，视海上颠簸为家常便饭。想家，伴随着每一次的出海。"但不像外人想像的那么不舍，习惯了。"渔民们的感受大同小异。相反，渔获多寡最让船主与渔民牵挂。有些时候，一张大网拉上来，就有上万元渔获，大家的内心就被喜悦填充得满满的，相思也被挤走了；劳作不获时，大家的内心空荡荡的，相思之苦乘机涌上心头。

随着铁壳捕捞船的普及，海上捕鱼的危险性在降低。只要在台风来临前夕能及时回港，捕捞船基本上就可安然无恙。加上航海技术日新月异，如天气预报更精准，导航系统更全面，铁壳捕捞船出海捕鱼的安全系数不断提高。难怪，老一代渔民说，现在的大副放在以前，不一定开得了船。

六十七岁的余庆安讨海二十六年，他们那代人驾的就是安全系数比铁壳捕捞船低得多的木壳捕捞船。"每年都有船葬大海的惨事发生"，余庆安说："但那个时代，我们岛上的渔民，比的不是钱谁更多，而是水性谁更好，勇气谁更足，捕的鱼谁更多。"

十六岁就下海的余庆安对那段充满冒险的讨海生活无比自豪。用巨大的渔网从海底刮过，那是最近十来年的做法。早前，木壳渔船拖着的只是小网，大部分的鱼是钓上来的。木壳渔船出海时，会带三四条小船，主要用于放饵。放饵是风险性很大的活，遇到七八级大风，小船经常被打翻。但危急时刻，无须船老舣点将，船上的渔民便会自告奋勇，争着跳到小船上放饵。四人一只小船，风浪把船打翻，落水的渔民抱着船沿一骨碌从海里翻上船，这很考验水性与勇气。"当时，越是勇敢的男人，越是水性好的男人，越会讨海的男人，姑娘越喜欢，我们不愁找不到老婆，一上岸，媒婆就会主动把漂亮姑娘领到我们家里。"今六十七岁的余庆安忆起当年，豪迈之情写在脸上。

阵痛

早在三十年前，浯屿村就是一个富裕的岛屿。周围乡村百姓连建平房都感到困难时，他们建两三层的小洋楼却不在话下。

改革开放后，市场经济一样上了渔船。余庆安他们那一代的渔民讨海所得的渔获是公有的，自己只能得点微薄的工分。实行包船到户，乃至允许渔民自己整船出海捕捞，渔民所获就非常可观。现年三十岁的村支书蔡凯魏，年纪轻轻就赶上好时候，他十七岁开始出海捕鱼，十九岁就拥有自己的渔船，那艘木壳船每年为他带来十几万元的收入，当年相当于一位公务员年工资的二十倍以上。

海上顺风顺水，但二十世纪九十年代，整个浯屿岛却陷入经济风暴中。标会，曾是流行于闽南乡村的民间资金互助形式。急需用钱的人，自当会首，吸引几十位甚至上百位会员参与，会首往往以几百元甚至上千元起会。举例而言，若以五百元起会，首会时，会员每人就需交五百元给会首，这些资金就属会首所有，会首也需承担月月组织标会的活动。一般每月一次标会，标会那天，会员聚集会首家中，各自在纸条上写下想标的金额，最低者中标。会首就以最低中标的资金额，向各个会员收取，收齐了给中标者。平心而论，标会若是理性进行，无疑是民间互助的好方式。可是，很多中标的人，并不把聚集来的资金用于生产，而是用于过度消费，最终导致倒会。中标者获取这笔资金，就得每月付整钱给接下来的每一个中标者。比如五百元起会的，中标者以四百五十元中标，此后，他因为率先使用会钱，就得每月付五百元整数给接下来的每个中标者。这本来是合理的游戏规则，你早用到整笔会钱，当然就要每月付出比中标数更多的钱给未中标的人，相当于给他们一点利息。问题是，大家都抢着中标，不得不一再压低标额，五百元起会的，最后以几元钱中标的都有。那些中标者，付了几个月整钱，比如五百元后，就付不起了，

岛上大部分食材都靠岛外供给,图为刚刚上岸的猪肉。
图／王火炎

开始耍赖不付,越来越多的会员失去信用,这支会也就倒了,那些未标到的会员就成为受害者。

我之所以花这么多的笔墨来解释标会,是因为它曾经深刻影响闽南农村经济和人际关系。标会如诺米多骨牌在闽南农村接连倒下是在二十世纪九十年代上半叶,但所造成的恶劣影响持续了一二十年。很多家庭的经济因为标会而一蹶不振,人与人的关系也因为倒会而变得恶劣,因为农村的熟人社会特质,欠钱与被欠的往往是亲戚,兄弟姐妹因为倒会反目成仇的不在少数。

浯屿岛就是倒会的重灾区。在浯屿岛上,很多人把标到的会钱拿去建四五层高的楼房,或者拿去整一艘五六百万的渔船。整渔船还好,只要是好年冬,还能返本;建房子,钱用去就用去了,如砖头砌进墙里,抠也抠不下来。欠钱者,为了周转钱,又借民间高利贷,利滚利,最后,被利息彻底压垮,卖掉渔船也还不清债务。而高楼大厦，建时，因为地处海岛，材料的运输成本和对外请工的成本就比陆上村庄大得多；建成后，商品价值极低，缺钱想卖都卖不了，岛上就这千户人家，大家都建房了，谁买你的呢？在二十世纪九十年代，有大约十年时间，浯屿岛经济处于低迷时期。

根源在哪儿呢？长期驻村于浯屿岛的漳州市政协委员、浯屿旅游开发管委会主任许燕章一语中的："他们被膨胀的虚荣心害死了！"他说，那时，不管有钱没钱，不管钱多钱少，都要整一艘船，当当老舣，当轮机长、网手这样的技师都觉得丢面子；不管人多人少，即使是养蚊子，也要建四五层高的楼房。这两样都是为了面子，最后，被面子压垮了，诚信缺失，变得完全不要面子了。

所幸，进入二〇〇〇年后，政府为推动捕鱼业的发展实施油补，对每条渔船每年都进行补贴，最多时，二〇一四年，每艘补四十多万元。浯屿渔民抓住这难得的翻身机会，又整船出发，现在的铁壳船已有三百六十七艘。村支书蔡凯魏也于二〇〇二年把木壳船换成价值上百万元的铁壳船，这几年又对渔船升级换代，变成设备更齐全更先进的价值五六百万元的大铁壳船。

转 型

入夏以来，每个下午，在位于浯屿岛海域的海上田园，马宝和他的同事们都会载歌载舞地迎接从厦门和平码头开来的"成功号"游艇。

游客下了"成功号"，上了海上田园，看喂鱼表演，亲手钓鱼，还可骑摩托艇蹈海，或者乘帆船溜海。游玩一番后，游客便可尽情地享用小海鲜，欣赏落日余晖。坐在甲板上看浯屿岛，看岛上披着橘黄色的霞光，美丽平和。除了浯屿岛，边上一溜岛屿包围着海上田园，有二担、三担、四担、五担、白屿、青屿，等等，如海上田园脖颈上的闪亮珍珠。

海上田园是浯屿岛新开发的旅游项目，与它同时登岛的项目还有文创渔村和深海养殖试验区。这些统称为龙海市浯屿休闲渔业综合体，它将带动浯屿村从传统渔业村向休闲渔业村转型。

随着海洋资源的急剧减少、政府油补减少乃至将完全不补,浯屿岛传统的捕捞业将又一次面临严峻的挑战,转产转型势在必行。龙海市相关部门积极引导渔民进行转型,正值厦门当丰公司也正整合厦门和平码头、旅行社旅游资源向外延伸,两方面一拍即合,共同开发浯屿岛的资源。为使旅游开发顺利进行,浯屿村隶属的港尾镇政府专门派出郑山农等熟知浯屿村情村况的干部进驻岛上,及时做好渔民的沟通工作。在我到浯屿岛采风的那几天,他们也都住在岛上。

这是我第四次到浯屿岛。十五岁时,我第一次到浯屿岛,作为学生干部随老师到岛上慰问驻军,我们是从岗位镇斗美村坐着小舢板往返的,那时风浪极大,小船颠簸得厉害,我们仍万丈豪情地立于船头,一副天地不怕的模样。十六岁时,我第二次到浯屿岛,来打暑期工,为几位来浯屿岛干木匠活的亲戚煮饭,尝试赚取学杂费。二〇〇四年,我第三次来到浯屿岛,作为厦门日报记者,跟踪采访"八二三"炮战的英雄女民兵队长林水仙乡。

海上田园。图 / 王火炎

　　这三次上岛，印象最深刻的是属第二次，因为待的时间最长，有半个月时间，且直接住在渔民的家中，对浯屿岛的风土民情体会最深。当时正值二十世纪八十年代末，也就是浯屿岛在改革开放后率先富起来的时候。那时，没有休渔期，渔民长期出海捕鱼，一去就是几十天，在家的女人不用干农活，且掌管着钱财，披金戴银，打扮得光鲜亮丽，过的是养尊处优的生活。她们大都只读到小学毕业，知识浅，见识短，称外来者为"山场人"，相当看不起。典型的井底之蛙的心态。

但这个夏天，住在浯屿岛的那几天，岛上的人们，表现的待客热情、处事纯朴，完全颠覆我的既往印象。问路时，无论我要去的是村部，还是海边，或是码头，甚至是公共厕所，村民们都会热情指路，有的还干脆直接带我去目的地。我们头天提着行李在妈祖庙采访，利用采访间隙，四处联系岛上民宿。"到我姑姑家住吧！"身旁响起甜美的声音，一位正准备为开渔节表演的姑娘盛情邀请我们住到她姑姑家。起初，我们以为她姑姑是开民宿的，其实不是，这位姑娘怕我们没地方住，才邀请我们住到她姑姑家。尽管后来，我们在镇干部郑山农的悉心安排下住村部招待所，而未去打扰她姑姑，但我收下这位姑娘的美意，记住了她的名字——贝思。第二天早晨，我五点多出门采风，在海边遇到林家大姐，她也热情邀请我到她家"啉茶"，她拿出自制糕点，一边喝茶吃早点，一边与我谈生活，谈想法，谈苦恼，十分真诚。这些淳朴的际遇，其实，我在其他村庄并不容易遇到，而在浯屿岛，我似乎随时都在体会。

　　浯屿岛村民的待客之道，会在二三十年间发生如此翻天覆地的变化，我想至少有两个原因，一是他们经历过阵痛。村庄和人一样，经历过磨难，特别是经历过从高处摔到低谷的惨痛，就会反思，就会自省，就会收起张狂，变得谦卑。二是他们放眼看世界了。渔家子弟通过读书考试，离开了渔村，到外面世界闯荡，他们返乡时带回外界的观念，最重要的是明白了，外面的世界其实比浯屿岛精彩许多，同时，外来客也给这个渔岛带来思想冲击，岛上，有五千名外来客，尽管大都从事的是捕捞工作，但因来自全国六十个县，思想交汇，互相激荡，相互提升。

　　而这些都为浯屿岛华丽转身做好扎实的准备。

王爷做醮。图 / 林财民

王爷做醮

  浯屿人民信奉妈祖，时逢出海作业季节，家家户户都带上贡品到天妃宫祭拜妈祖，以求出海作业一帆风顺，满载而归！岛上节庆活动丰富，其中最著名的是王爷做醮，场面壮观，声势浩大。

  "做醮"是民间最大规模的宗教活动，尤其是每年入冬之后，四处都可以见到规模不一、意义和名称也不同的醮典活动，"立冬之后打做醮"这样的一句俗谚，充分说明做醮是十分重要的祭祀活动。所谓"醮"，原始意义是祭神，后来人把僧人、道士搭坛献祭统称为醮。简单说，做醮乃是民间信仰里头最重要的祭祀仪式，目的是祈求国泰民安、风调雨顺、民生乐利与人丁兴旺等。

  每逢闰年农历十二月，全岛人都沉浸在节日的欢喜中，准备牲畜贡品，准备节目，到处可见富有朝气的鼓号队，整齐美观的腰鼓队。

  做醮最重要的起头戏，是竖灯篙，民间把灯篙看作请神招鬼最重要的器物，入醮前数日甚至十天前就得竖灯篙，灯篙的主要目的是邀请天上诸神前来鉴醮及共享功果，招引孤魂野鬼前来共享孤食。

乡 关 年 月

\双第华侨农场\
开放多元的熟人社会

在我们离开双第华侨农场时，五十岁的张松勇说："你们是几十年来第一批夜宿双第的外来者。"张松勇是土生土长的双第人，他口中的"你们"，除了我，还有台湾地区中国时报摄影中心主任黄子明和台湾地区世新大学图文传播系副教授陈学圣，两位都是在两岸有影响力的摄影家。

为了夜宿双第农场，我们颇费了些周折。双第没有旅舍，而我们一行，连同司机，需要四间房，场部也腾不出空房，双第农场场部工作人员建议我们住在离双第有二十多分钟车程的县城石码。

我很不甘心，情急之下，想起多次向我推荐双第的中华儿女美术馆馆长李忆敏老师，李老师曾提起有位叫张松勇的人正在双第建鹭凯山庄。于是，我拨通张松勇手机号，问山庄建好了吗，可不可以对我们营业了。张松勇答，山庄要过一两个月才开张。"不过，你们搞创作一定得住下，就住在我家吧，只是担心你们嫌弃。"在失望的当口，听他这么一说，我忙不迭地答："不嫌弃！不嫌弃！"能与双第乡亲同吃同住，我们巴不得呢。

要出发去双第的白天，我又接到张松勇的电话，他说，父母在打扫房间时，发现凑不齐四间房给我们住，他的哥哥、双第小学校长张松木毫不犹豫地站出来解燃眉之急，让我们"住到小学里"。双第小学并不是住宿制学校，也就没有被席,兄弟俩当天跑到县城,帮我们买回了四套被席和洗漱用品。

所以,在还没有到双第采风时,我们就已经被双第人的热忱所感动。张松勇与我素昧平生,可一听说我们要去他的家乡采风创作,他就如此热情地为我们解决难题。作为我接触的第一位双第人,未曾见面时,他就给我们留下淳朴、热情、豪放,甚至是侠肝义胆的形象。因此,尚未踏入双第,我们就对双第心生好感。

二〇一七年五月十八日,当车子进入双第地界时,夜色已深。路上空无一人,但一路上,我们并不孤单,总感觉不远处,万家灯火正在迎接我们。

一千年后不改青葱模样

先说说双第这个地名的缘起吧。

翻开《龙溪县志》,《山川篇》载:"名第山在十一都,初名天城山,以唐周匡物(开漳第一位进士)读书于此,改今名。又以匡物与兄匡业俱登第,故又名同第、双第。"

周匡物不仅是双第人,也是漳州人,引以为傲的历史人物。他和兄长周匡业前后及第,为家乡赢得"双第"的美名。周匡物官至鄱阳县令,周匡业也仕至高州刺史。

周匡物不是一般的读书人,他十分机智,杭州钱塘江边留传有他一段逸行。唐元和十一年(八一六年),周匡物要到长安赶考,途经杭州,在钱塘江渡江,因船费太贵而无力承担,只能滞留渡口,情急之下,他便在渡口墙壁上题诗一首:"万里茫茫天堑遥,秦皇底事不安桥。钱塘江口无钱过,又阻西陵两信潮。"碰巧,杭州刺史出巡,读到这首诗,赞其才华,怜其无助,便叫人送周匡物过江,使其及时赴考,也才有了开漳第一进士。

作为漳州第一位进士,周匡物兄弟在成就科举功名前,呱呱坠地、苦读诗书的地方就在天城山脚下。天城山还有一处周藩书院,如今只剩断壁残垣,但萋萋芳草间还流传着一段美事。一千多年前,漳浦县的潘存实时常来找周

双第华侨农场民众载歌载舞。图 / 游斐渊

二十世纪六十年代,自华侨农场成立后,在归侨们的带动下,当地的文化娱乐活动蓬勃发展,图为爬抹油的树抢奖品活动。

双第华侨农场

　　双第华侨农场建于一九六〇年,是为安置马来西亚、印尼、缅甸、印度等四千七百一十九位归侨而设立的。这里的青少年们有喜爱文艺体育活动的传统,自农场成立后,在归侨们的带动下,文化娱乐活动更是蓬勃发展,每个生产大队都成立文艺小分队,组织蒙眼敲锣、爬抹油的树抢奖品、足球比赛等活动,还设有流动电影队。

氏兄弟，他们当时都只是贫穷的书生，但志向高远，常在一起谈论诗书，激扬文字。困境中互相激励的结果是，周氏兄弟双双及第的两年后，潘存实也中了进士，后官至户部侍郎。

双第为天子赐名，双第人不免要自豪地说："未有漳州、龙海，先有双第！"地方史专家陈忠杰通过考证后也得出结论："双第，唐以前即有民居。"

唐朝的双第是一幅什么模样呢？幸亏周匡物为我们留下诗句："窗外卷草侵碧苔，槛前敲竹响青冥。黄昏不欲留人宿，云起风生龙虎醒。"有人说，这首诗反映了一千多年前的双第人烟稀少、虎狼啸聚的荒凉景象。可在我读来，眼前展现的却是碧草连天，人与自然和谐共处的美景，我尤其喜欢"窗外卷草侵碧苔，槛前敲竹响青冥"，读着读着，闭上眼睛，仿佛天籁传来。

即使经历了一千多年的文明进程，双第依然不改青葱模样。夜宿双第小学那晚，我们看到城里多少年看不到的满天星斗，听到如一夜笙歌的蛙鸣，闻到夹杂泥土与牛粪的青草味。黄子明老师干脆赤着脚在地板上走来走去，他说，脚底没有一丝灰尘。走了几圈后，连脚都不洗，我们便沉入甜美的梦乡。

醒来后，已见天亮。也就在这一刻，我们第一次清清楚楚地看到双第清秀的面容。黄子明老师问当地人，双第海拔多高呢？也许在他想来，只有高出平地许多，才能留有这般容颜，当地人答："我们比平地还低，是盆地。"

双第，位于龙海市中南部，是个群山环抱的盆地，东与海澄镇接壤，西与九湖镇对峙，南与九龙岭林场相邻，北与榜山镇岭口村、颜厝镇洪塘村隔山相连，面积三十一平方公里。

继周氏兄弟后，历史上的双第又出现周纯、周勃、周分等多位进士。

农场的往昔盛景

而今，双第之所以为外界所瞩目，并不是因为一千多前的周氏兄弟，而是它曾于一九六〇年到一九七九年，十三次接收从印尼、越南、缅甸、马来西亚等八个国家归来的四千七百一十九名华侨难民，因此设立国营华侨双第

俯瞰双第农场。

农场。

为了迎接第一批华侨,双第农场在一九六〇年年初打了两场漂亮的突击战,第一场是修路,仅用四十多天就打通场部所在的洲仔村通向外界的十二公里道路,结束了双第不通公路的历史。第二场是建屋,仅用九个月的时间就建成可安置一千四百人的平房四十八座,共计九千八百六十四平方米。

二〇一七年五月十八日,我们进入双第农场,走的是平坦大道,而非当年的路,但透过车窗,路边不时闪现当年的安置平房,这些平房基本上不住人了,归侨都已搬进漂亮舒适的安居工程——小别墅似的两层楼。看着静静横卧于大山深处的一座座平房,我们想像着五十多年前,在印尼等国遭受非人待遇的华侨归来时受到热情接待的暖人场景。

就在这时,我们遇到十五岁时随父母从越南回国的越侨肖日雄。他对我们回忆起一九七八年的情景:"我们被祖国从越南接回来,先在汕头待了一个晚上,第二天,我记得是五月初五,我们就来到双第,住进新建的房子里,父亲被安排在茶场工作,母亲被安排到托儿所工作,我也进了中学读书。"

黄爱云比肖日雄更早来到双第。一九六〇年,她父亲黄坤河带着全家六口人从印尼回来,那年黄爱云只有两岁。一回来,父亲就出任五一和平村农业大队队长,母亲在糕饼厂上班。"我父亲很爱国,他一直珍藏着周总理到印尼出席万隆会议的照片,这张照片是他在印尼买的,他总是对我们说:'只有国家强大了,我们才不会被欺负。'"

尽管童年生活清苦,但黄爱云记忆中,父母和许多归侨建设农场的热情高涨。"总是斗志昂扬!"她说。

华侨们与当地农户一起种水稻,种柑橘、菠萝、荔枝、龙眼等水果,还种茶叶、咖啡、剑麻、竹子等经济作物。从一九六〇年至一九七九年二十年间,农场不断发展,现拥有水田七千三百一十七亩、茶叶六百二十一亩、柑桔四百九十七亩,荔枝、龙眼、菠萝等各种水果合起来三千多亩,年产粮食四万担,柑橘六千担、其他水果合起来七千五百担,茶叶两千一百担。难怪

双第华侨农场内的鹭凯生态农庄。

鹭凯生态农庄内充满南洋风的餐厅。图／黄子明

越侨肖日雄忆起当年，说："那时的生活蛮不错的，吃穿不愁，又能读书。"

在很长时间里，小小的双第还拥有六家工厂——茶厂、糖厂、米厂、砖瓦厂、榨油厂和综合厂。现年六十四岁的许森炎就曾是双第茶厂里最拔尖的技术员，土生土长的他在寨仔土楼的家中对我们回忆起茶厂的工作："我十六岁就开始种茶，一九七〇年茶厂创办时，进了茶厂当技术员，手把手教归侨种茶，我们厂最多时有两百多人，大部分是归侨。"而今茶厂不办了，许森炎就靠着他几十年攒下的种茶经验，开辟了自家茶园，依古法自己制茶，每年制两百斤干茶叶，因口感好、无农药残留而供不应求。

随着经济形态的变化，关闭的不只是茶厂，还有其他五个工厂。双第已不再只是以农业为主的农场，而成为区域功能明晰的经济开发区，有华侨种植园，有风情度假区，还有文创基地。农场党委书记庄立新还兴致勃勃地带我们参观了据说是亚洲最大的多肉植物观光园，据园主王文鹏介绍，该园拥有七八千棵多肉植物，分亚洲区、美洲区和非洲区种植。黄子明老师说他头一次看到品种如此非富的多肉植物，低着镜头拍个不停，怎么也舍不得离去。

机器声隆隆的碾米厂，如今被爬山虎爬满，以另一种姿态站在路边。电影院也被脚手架包围着，听说是要修旧如旧，办成文创基地。那天，我们在被活化的古屋庭院里见到一只鸟儿叼着虫子，立在竹枝上，一动不动许久。陈学圣和黄子明两位老师边拍边说，有生以来第一次这么近地拍鸟，而且拍了无数张，鸟儿也不飞走。

无论经济结构如何变化，我们都祈祷双第，山还是那么翠绿，水还是那么清澈，鸟儿还是那么安然。

通婚催生了熟人社会

一九六〇年，国营双第华侨农场成立时，有一百六十户八百三十位本地人与四千七百一十九位华侨，农场人口最多时上万人，而今一部分外出工作，一部分移民海外，留在农场的约有三千人。

居住在寨仔土楼的祖孙。图 / 黄子明

黄爱云两岁就跟着父亲从印尼来到双第。图 / 黄子明

通婚是华侨与当地人融合的有效途径。越侨刘建娇嫁给许尚小。图/黄子明

双第茶厂技术员许森炎分享制茶经验。图/黄子明

场部工作人员许玲惠带着我们在双第农场的几个村落间走村串户，让我们惊叹的是，走到哪里都有她的亲人，这边刚遇到叔父，那边又遇到婆婆，刚转身遇到的是她的干妈。经过几十年的融合，双第已是个典型的熟人社会。

一开始还是有些磨擦的，因为文化背景的不同。据肖日雄回忆，因为语言不通，归侨孩子起初也跟当地的孩子打架，但不久就像一家人那般亲了。他沉浸在往昔的中学时光里。语言不通怎么听课？"课堂配翻译呢！"肖日雄说："刚回来时，我们只会讲越南语和广东话，后来，我们慢慢学会普通话和闽南语。"值得一提的是，在之后的对越自卫反击战中，农场里好几位小伙子被选拨到前线当越南语翻译。

从创办之初，农场就有了小学和中学，侨生与当地孩子一起上学。据双第小学校长张松木介绍，小学学生数最多时四百多人，大家相处友好。

除了同劳动同生产，归侨带回来的舞蹈与美食也加速了彼此的融合。很快，农场成立文艺表演队，带动当地人吹拉弹唱，他们从南洋带回来的千层糕，至今美名远扬。

两岁就回来的黄爱云认为，几十年下来，归侨最大的观念变化，是更有家庭观念并更加重视孩子的教育。"起初，我们有钱就花光光，也没想到要建房屋，也不曾想要培养孩子，孩子们要不要读书，能不能接受更好的教育似乎无所谓。"

关于这一点，农场的宣传委员陈志明体会颇深。陈志明是爱国归侨的后代，他于一九九七年就到双第当宣传委员，至今已有二十年。他分管教育工作也好多年，最让他头痛的是，归侨在培养孩子方面不及本地人上心。"新校舍建得那么漂亮，要他们把孩子从破败又危险的小学送去新学校读书，死活不肯，只因为旧校舍比较近，他们无须接送。"其实，新校舍距最远的村庄，也不过十来分钟的车程，骑自行车接送也只是半小时。后来，陈志明动用强制搬迁才把孩子们都送到新校舍。

黄爱云认为，归侨变得重视置产与教育，全是受场部和当地人耕读传统的影响。

通婚是华侨与当地人融合的有效途径，在双第采风时，我们随时都能遇到通婚家庭，制茶师傅许森炎的妻子就是印尼归侨。

而在寨仔土楼里，一对夫妻的幸福生活令人艳羡。

四十八岁的刘建娇是一九七八年归来的越侨，丈夫许尚小比她大八岁，他对我们忆起了两人如何相识："一九九〇年，我走在公路上，见到站在路边的她，便喜欢上了，请她嫁给我，她说好，我们就在一起了。"你喜欢她什么呢？"老实、勤劳！"许尚小答。

"出生成长背景不同，会不会影响你们相处？"站在瓜棚底下，我问正在给瓜园浇水的许建娇，许建娇停住喷筒，哈哈大笑起来："哪会呢？我们相处得很好！"

"你们幸福吗？"

"幸福！"

"有什么秘笈可以传授？"

"他顾家，我知足。"许建娇又发出爽朗的笑声。

许尚小和刘建娇是许玲惠的亲叔叔亲叔母，所以许玲惠对他们的家庭状况很了解，她说："我叔母视力很差，你采访她时，她是看不清你的脸的，加上身体很差，所以都待在家里做家务，家庭开销就靠叔叔的收入，而叔叔也没有固定工作，只是打零工，有时有，有时没有。"即便如此，他们仍感到很幸福，只因为"他顾家，我知足"。

我们提着拍摄器材和行李箱离开双第小学时，是清晨时分，孩子们陆陆续续走进校门，陪伴着他们开始一天学习生活的是广播里传出的校长许松木创作的校歌。

结彩楼。图/林财民

结彩楼

　　结彩楼,唱大戏,祈平安,结彩楼用以祭拜神明、保佑村民平安、风调雨顺,五年一次,逢"三"和"八"举行。

　　"结彩楼"是集建筑、彩塑、花灯、游艺、戏曲、书画、纸扎、雕刻和剪纸于一体的综合性、多样性、群众性大型文化艺术活动。活动一般选择在秋收过后,时间大多持续十个昼夜之久,是人们对风调雨顺、百业丰收、太平盛世和安居乐业美好生活的庆祝和追求。

　　据介绍,搭彩楼是有条件的:那个地方必须出过至少一位状元、榜眼或探花。浮宫镇以前有出了个探花,所以能搭彩楼,就这样一代代地传承下来。

　　"结彩楼"从明代开始兴起,龙海的浮宫、海澄两个镇都曾经结过"彩楼",延续至今。

　　据介绍,龙海市埔里村供奉玄天上帝。早在一九三三年,埔里就举办"结彩楼"。当年由平埔社郭子林担彩楼,捐献白银两担,作为为期一周"结彩楼"民俗文化活动的经费,吸引了四里八乡的民众络绎不绝来观赏。当时交通不便,看彩楼要走田间小路,远的要花四个小时,近的也要两个多小时。在埔里村有亲戚有条件可住宿过夜,没亲戚还要赶回去,回去已经是次日天亮。当年埔里村热情招待来宾客人,点心、甜粥和咸粥都是免费招待,受到前来观摩的观众赞誉。

养花、种果、摘竹
迸发于山土间的悸动
编织休闲农业梦

\田头村\
返乡二代的闽南水乡

田头村的美丽与福分，与它四通八达的水系息息相关，也是它位于九龙江入海口的结果。

田头村位于龙海市浮宫镇。因为有发达的水系与通向海洋的便利，早在三四百年前，田头村人便纷纷下南洋，在南洋勤劳创业后反哺故乡，那些雕梁画栋的闽南古民居就是华侨们光宗耀祖的见证，当然，他们也不忘为村人助学帮苦。可以说，田头村的整个村庄基础，早在两百多前已奠基。

二十世纪八十年代，田头村的水系水质严重恶化，流经各自然村的金水银水，漂满鸭毛、垃圾和动物尸体，整个村庄其臭无比，亲水的人们对水系唯恐避之不及。田头村民在以从事废品收购发展个体经济的同时，付出惨重代价，整个水系被破坏殆尽。

二〇一三年，田头村支部书记郭水发领导村两委班子振衰起弊。他们带领全村民众拆除危房、猪圈、旱厕三百二十七处，清淤河道港道五点五公里，硬化道路，修缮古民居。四年后的今天，我们到达田头村采访时，眼前所见的已是风景如画的闽南水乡。正在进行美丽乡村建设调研的厦大新闻传播学院老师毛章清感慨地说："在农村，要拆一个猪圈都是很难的，而要进行如此大规模的整治，真的比登天还难。"可见，田头村的党支部的战斗力有多强、

田头村保存完好的古民居群。图/王火炎

村支书的号召力有多大。

当然，田头村有今天，离不开龙海市委市政府和浮宫镇党委政府的大力支持。两级政府不仅为田头村的建设拨出大量资金，而且聘请专家为村庄改造进行科学规划。

在访谈中，我们都赞叹田头村美丽乡村建设的做法，郭水发等村干部特别善于响应上级政策做项目，以获取建设补助金。他们通过美丽乡村建设，从上级党委、政府以及各职能部门（如环保、水利等部门）总共获得两千多万元的款项。

在我们到田头村采访调研时，这个如诗如画的村庄正在发展旅游业，它华丽转身，赢得那些出走的年轻人的回归，他们陆陆续续地从厦门等地回到村里，从事与旅游业相关的服务业。

一个村庄要生生不息，取决于年轻一代愿意扎根下来。

民居古朴 民风淳朴

田头村，面积三平方公里，人口四千多人，是郭姓的聚居地。

相传唐代郭子仪后人郭佛星定居田头，传至今日第二十二世。田头人称郭佛星为三世祖。

与闽南沿海地区的许多村庄一样，历史上的田头村经常面对海盗、倭寇的侵扰，土匪猖獗。为了抵御强蛮，保家卫国，清嘉庆年间，郭氏家族兴办学堂，又开设武馆，郭氏子弟勤学苦练，嘉庆六年（一八〇一年），出现第十四世祖郭连邦和郭振昌叔侄同进武举的盛事，获得"武魁"殊荣。漳州知府为此颁发"年高德邵"的牌匾，以表彰郭连邦之父、第十三世祖郭岩山教子有方。治家、教子更成为田头郭氏的优良传统。

现年五十五岁的郭氏子弟、浮宫霞威小学校长郭振发，很为祖先历史感到骄傲，他特意在自家大厝辟出村史馆，把祖先的光辉历史书写于墙上，让后人缅怀。这座取名"归田居"的闽南大厝，于郭振发三岁时建成，也就是一九六五年。当时田头村和中国广大农村一样正处于困难时期，郭父哪来巨资建设深宅大院呢？

"是我伯父从印尼寄钱来，当年，这座大厝的建设资金共花去一万六千元人民币，都是我伯父寄来的。" 郭振发深情地对我们忆起伯父的往事，包括伯父帮助邻里、捐资助学的故事。

虽然位于海边，历史上的田头村并不顺风顺水，既无法靠山吃山，也无法靠海吃海。因位于九龙江入海口，田头村常常遭遇海水倒灌，有过九年十三季欠收的苦难史。三四百年前，田头村人出海到南洋创业，发达后，心系乡里，纷纷寄钱回乡建屋，帮助乡里渡过难关。

一百多年前，郭振发的伯公郭铭煌也到印尼，事业有成后，当上印尼雅加达的一个县的县长，他虽在异乡，但一心一意要帮助同乡发展事业。凡是到南洋的浮宫人找到他，对他说"我姓郭"，他便提供免费吃住，直到这位同乡自立创业为止。现在，田头社有七八百人在印尼发展事业。

郭振发的伯父郭兆炎和郭兆璋兄弟继承郭伯公的优良传统，不仅寄钱给弟弟起大厝，还不忘资助乡里。在归田居里，我们见到一台锈迹斑斑的抽水机，郭振发说，伯父于一九六五年寄钱回田头村，让村里人添置浮宫镇第一台抽水机，帮助水系发达的田头村更快更好地发展农业生产。归田居里还珍藏着一台日立牌彩色电视机，那也是郭兆炎寄回来给村里人的，在一九七九年，这台日立牌彩色电视机恐怕也是浮宫镇唯一的。二伯父郭兆璋也不甘落后，他重视捐资助学，比如一九八五年，就捐了两万五千元人民币，在凫溪小学建了一间教室。

田头村人乐于助人的淳朴民风古已有之，田头村里至今流传着流渡公的故事。几百年前，田头村人往外走都要先渡河，流渡公就在此摆渡，有给渡钱的，他摆，没法给渡钱的，他一样帮忙摆过去。流渡公助人为乐的精神就这样在田头村代代相传。现在，流渡公塑像就伫立于流渡公园，让来来往往的人们缅怀。

傍水而建的田头村。图／王火炎

田头村

　　以水为脉,在古渡口建设流渡公园,丰富流渡公精神内涵。依山傍水的田头村,阡陌交错,"流渡公"的美名代代相传。据说一百七十多年前,田头村民只能依靠渡船过河。渡船人风雨无阻,助人为乐,他去世以后,村民们尊他为流渡公。

伫立于流渡公园的流渡公塑像。图 / 王火炎

放学的小朋友。图 / 王火炎

田头村到南洋的华侨，不只郭振发的伯公伯父情系乡梓，许多人都是如此，所以，在田头村，我们看到一排排闽南古厝，沿着村河整齐排开，整个村庄古意盎然。郭振发的归田居不算古厝，它只有六十二年的历史，而田头村到处可遇有两三百年历史的闽南古民居，开基房就有三百八十年历史。

绿水 银水 金水

临水而居的田头村人，到了二十世纪八九十年代，开始畏水而逃，河水常常发出令人难以忍受的恶臭，河面上漂浮着鸭毛、垃圾和动物的尸体，它们随着环绕村庄的河流穿村走社，不只外面的人怕来田头村，连本村人都不爱在此生活下去了。

环境出现恶化，与田头村的产业密不可分，几乎全村都在做废品收购生意，河里的那些鸭毛、塑料、垃圾就是从各个废品收购点来的，生活垃圾和污水也跟着往河里倒，死鸡死鸭死狗等动物尸体也扔进来，母亲河就这样被糟踏得惨不忍睹。"那时候，整个村庄就像一个巨型垃圾厂"，村民这样描述当年的场景。

二〇一三年，出现根本转机。这首先得益于这个村庄有一个坚强有力的党支部。

支部书记郭水发也是土生土长的田头村人，他身上显然有祖先擅于经商的基因。十九岁失去父亲，二十一岁失去母亲的他，却凭着勤劳机智在生意场上顺风顺水，在一九九四年当选村主任时，已经拥有矿区、加油站、食品加工厂等产业，而他从一九九六年开始任村支书，便把更多的精力用以美丽乡村建设。

田头村辖十二个自然村，要从哪个自然村入手进行环境整治呢？郭水发决定从污染最严重的甘山社开始。甘山社民众都以收购废品为生，还开办废塑料加工厂，整个社鸭毛遍地、河流淤积、乌烟瘴气。田头村发挥支部核心作用、老人协会辅助作用、党员带头作用，发动群众自觉自愿参与这场大整治。

首先是河道清淤。党员干部率先捐了七八万元，镇政府补助五万元，作为启动资金，打响清淤第一战。接着清流渡河，最后把整个田头村的河流都清一遍。一车又一车的淤泥往外载，仅甘山社就清了一千多车，田头社的淤泥更多达两千车，统计下来，清出的淤泥垃圾竟有两万多立方米，五千五百米的港道河道找回数十年前明镜般的清澈。

河清了，田头村党支部又着手整治村貌，拆危房、旱厕、蘑菇房、猪圈。也有想不通的群众，大约占百分之五，每户人家，郭水发都一一入户做思想工作，老人协会也在这个节骨眼发挥作用，博感情，最后，全部民众都支持环境整治，谁不愿意自己的家乡美呢？甘山社民众还自发地捐了二百六十七万元，作为甘山的环境整治、景观创建和庙宇修缮经费。田头社有的民众，看到家旁那曾又脏又臭的河区现在变得洁净清澈，仿佛成为后花园，马上掏出大笔大笔的钱来赞助接下来的道路硬化、古民居修缮。

随着田头村变化的日新月异，村民们也深切地感受到住在美如画，犹如花园的村子里，幸福感是多么的强烈。那些被叫停收废品，关闭塑料加工厂的，起初很抵触，但当美丽乡村已铺展到自己眼前，党支部的意志那么坚定，民众的呼声那么高时，他们也只能跟党走，顺民意，继续死磕，在村里恐怕都待不下去。

旧貌除去，新颜如何换上？田头村党支部获得龙海市委市政府和浮宫镇党委政府的充分肯定和大力支持。河流如何长久地保持清澈、通畅？古居如何才能修旧如旧？村庄如何绿化？产业如何发展？龙海相关部门对田头村的这些工作进行了具体指导，请专家来进行科学规划，做到不是一时美而要葆长久的美。

田头村美名远扬，省里、市里的水利部门、环保部门、农业部门等相关部门，都到田头村来开现场会。开完会，领导便问郭水发："老郭，有什么困难尽管说！"郭水发答："困难很多，但谈到钱就不好意思。"领导便明白了，不久，更多的拨款就到了田头村，自二〇一三年下半年至今，各级相关部门

山水风流,环境优美,返乡二代在家门口发展乡村游。图 / 王火炎

乡关年月

播给田头村的资金达到两千多万元。仅针对每天的垃圾回收，市镇两级就下拨给田头村每年二十多万元的经费。

返乡二代 文创一族

住在美丽整洁的环境里，固然心旷神怡，口袋没钱，再美的环境也一样叫人坐立不安，那些不再收购废品的村民，他们的生计将如何继续呢？

现年四十四岁的郭东杰就是其中一位，他的废品收购生意曾远达江西。父亲郭国华是田头村老人协会会长，原也是位生意人，十年前从外地回到田头村，五年前加入郭水发组织的拆迁整治大军中。在党支部进入攻坚战时，他带领老人协会实现有力助攻。在父亲的教导下，郭东杰关闭废品收购点。

郭国华继续当他的老人协会会长，做服务乡亲的工作，但郭东杰正值壮年，未来的事业该如何发展呢？也是在父亲的启发下，郭东杰开办一家流渡

农家乐，供游客和村民吃喝玩乐。每当夜幕降临时，流渡农家乐就出现奇观，周边村民成群结队，来到流渡舞台唱歌，过把乡村歌手的瘾。当初关掉废品收购站，郭东杰很不舍，但现在每天有三四百人来自己的农家乐消费，他对事业转型成功感到信心满满。

沈沉香姐妹开的农家乐叫"那么旺"，这名字初听还以为是英文"number one"，但不管是"那么旺"还是"number one"，都寄托着姐妹俩对农家乐的期许和对美好生活的期待。

"那么旺"农家乐确实旺，既做餐饮又做菜园体验，现在又做了民宿，它也是我们到田头村采访时村里唯一的民宿，共有七间房，每到周末，这些房间早早就被预定走了。

"那么旺"农家乐现在主要由二十多岁的沈沉香操持，但在厦门工作的姐姐沈丽雪也很快要辞去现在的工作，回村里与妹妹一起办农家乐，因为她已预感到"那么旺"会越来越旺。

田头村离厦门近，约有五成的人口在厦门做生意，但随着田头村的旅游业发展起来，更多的田头村人像沈丽雪一样选择告别都市回到家乡。郭炎明夫妇便是如此，他们夫妻俩原本在鼓浪屿开店，最近就回到田头村，也开了家农家乐。当我们在采访的路上与他们相遇时，尽管素昧平生，他们还是热情地招呼我们："入来啉茶啦，入来啉茶啦！"

对于蓬勃发展起来的旅游服务业，田头村党支部积极进行引导，采取了很多环保措施来规范经营者的行为，经营者也都能自觉遵守，因为大家珍惜这来之不易的美好环境，他们深切地认识到，有了绿水青山，才会有金山银山。

浮宫杨梅闻名暇迩，种植杨梅也是田头村的传统产业，也成为旅游业的一部分。郭碰春、曾冰玲夫妇种植杨梅已有三十多年了。为使杨梅卖相更好，有些种植户会使用催熟素，使杨梅显得又黑又大，卖出更高价格，但郭碰春夫妇坚持不使用催熟素，让杨梅自然成熟。现年六十六岁的老郭说："种果树就是在种德行，做好事荫及子孙后代。"这样的杨梅长相一般，但口感好，他的观光园也吸引了不少游客来采摘购买。今年季末，我们去观光果园采访他时已卖出两万斤，收入至少十万元。

郭碰春已在厦门买了房子，但他们夫妇二人还是喜欢住在村子里，农闲时，郭碰春吹笛子，曾冰玲唱山歌，不亦乐乎。

不仅本地人恋恋不舍，外地人也在田头村流连忘返，甚至选择留在村子里创业，在我们到田头村采访时，正巧碰到厦门两家文创企业到田头村考察，其中有一家当天就定下了一座古厝，想把它作为制作竹筏的文创基地。

图 / 林财民

浮宫杨梅腌制技艺

浮宫杨梅是龙海浮宫镇特产，因地名而命名。浮宫杨梅色泽红润发紫、果大、汁多、味甜，名扬海内外。

浮宫镇素有"福建杨梅第一镇"之称，拥有得天独厚的杨梅生长环境。全年平均气温二十一度，一月份平均十三度半，七月份平均二十八度七。全年无霜期三百二十八天。年平均降雨量一千四百五十毫米。气候温和，雨量充沛，土地肥沃，四季长青。浮宫杨梅产区内丘陵山地资源丰富，土壤多数为红壤或黄壤，九龙江下游河段纵横交错，有效地调节产地的温、湿度，利于浮宫杨梅的生产。

浮宫杨梅种植已有八百多年历史，早在宋代就有种植杨梅的记载。在世代栽培杨梅过程中，龙海果农不断积累总结出一整套矮化修剪、疏枝疏果、病虫害科学防治的技术，开创性地运用疏枝疏果技术，实现杨梅"粗放型的半野生"的栽培管理模式下的"精工细作"。

目前，全镇十二个村七千多户果农共种植杨梅果三万亩，挂果两万一千亩。二〇〇二年三月，经省政府批准，"浮宫牌"杨梅被认定为福建省名牌产品。

浮宫镇种植杨梅的历史，早在宋代就有记载。

浮宫杨梅地理标志产品保护范围为龙海市浮宫镇、港尾镇、白水镇、东园镇、东泗乡、海澄镇、榜山镇等七个乡镇现辖行政区域。

\百花村\

百花常开，村民长福

百花村，在行政区划上，叫"长福村"。但十有八九的人，只闻百花村，不知长福村。

相传六百多年前，一四〇四年，朱熹后人朱茂林率领族人一路南迁，来到长福村时，看到这里土地开阔、气候温暖，沟渠里流水潺潺，山坡上鲜花盛开，他们停住脚步，从此定居，世世代代以种花为生。

这一种就是几百年，花儿生生不息，明清时期，花事一度兴盛。后虽经战乱摧残，长福村民种花的风气却未随战火而湮灭。一九四九年后，百花复苏，一九六三年，朱德委员长到南方视察，来到长福村，只见村中家家户户房前屋后都种花种草，置身怡人花香，他情不自禁发出感叹："真是个百花村啊！"从此，长福村，就在人们的口耳相传中，成了百花村，本名反倒被人忘了，我也是这次再入百花村时才知我叫了一二十年的百花村，实名为"长福村"。

六十四岁的朱江兴是我到长福村后见到的第一位村民，实际上，我在多年前就已知他声名远播，当然，他的名声早在改革开放之初的一九七九年就传遍大江南北，这一年，他成为长福村第一个万元户，也是经媒体报道后万众瞩目的种花致富能手。从一九九七年起，他当了十五年的长福村党支部书记，带领花农从庭院经济走上规模化种植和产销，一时间，百花村香遍全国。

村妇忙着整理苗木种苗。图/刘阳

百花村内，家家户户种木养花。图 / 刘阳

可百花村在行政区划上还是叫长福村，于是大家提议索性正式改名百花村。正式改名，就得经民政部门同意，而按当时百花村的知名度，朱江兴觉得民政部门十有八九会同意。正当朱江兴在大家呼吁声中信心满满准备申报改名的材料时，一个冷静的声音在耳边响起："江兴啊，我们长福村有五六百年的历史了，年年风调雨顺，花木茂盛，这都得益于祖宗取的名字——长福，长福。改不得啊！"朱江兴的父亲朱海憨，这位种了一辈子花的花工，阻止儿子："你当村支书是一时，当长福孝子孝孙才是一世啊！"

从此，没人再提改名的事儿。尽管没改名，但无论远近，人们都叫它"百花村"。

"长福村"，续的是血缘；"百花村"，结的是花缘。

明代的塘北已是百花的村

百花村人于明代开始以种花为生，而到了清代，已是大规模种植，整个

在德隆公司基地,工人们种植、装箱,订单不断,每天都有苗木出口。图/刘阳

村子成为专业的花村。乾隆时编撰的《龙溪县志》中有这样的记载:"出郭南五里,有乡曰'塘北',居人不种五谷,种花为业。花之利,视谷胜之,盖地瘠,种谷不蕃,宜花故也。又能于盆中种古松及各花树枝干、扶藤,古致异常。"

志书中的"塘北",指的就是长福村,这两个名字闽南话音是相似的,"塘北"叫久了就成为"长福","长福"又因为百花盛开而成为"百花村"。

我以为,塘北之所以演变为名闻遐迩的百花村,与其地理位置息息相关。

塘北所在的漳州平原,位于九龙江流域。相传漳州在明清时期就十分注重水利建设,曾出了个把江南水乡治水经验娴熟应用到漳州的知府姜谅。塘北的"塘"字,塘北所在的九湖镇里"湖"字,就都是治水的烙印。发达的水利工程,加上漳州平原肥沃的土壤,为塘北大规模种植花卉提供了可能。

塘北种花并不是为了观赏。当发展为产业时,花就一定要成为商品。塘北位于漳州府边上,而非偏僻山区,密集的人口为花这一商品提供了庞大且

持续不断的消费群。塘北不成为百花村也难。

　　历史的积淀，使长福村在二十世纪五六十年代成为花果苗农场、省花果外贸出口基地，显得水道渠成。那时候，农场和基地是按订单种植的。一般，省外贸部门都会在前一年年底，就定下今年需要哪些品种的花木用以输出，农场及之后的基地就组织花农根据所需种植，一般种植水仙花、榕树和铁树。

　　正是因为作为外贸出口的花卉基地，百花村在二十世纪五六十年代那个信息还很闭塞的时代，就引起高层的注意。比如，朱德于一九六三年到南方

除了线下销售，村民们也开通了线上销售渠道。图／居杨

视察时，就专门来到百花村，见村子处处是花，便大赞"真是个百花村啊"，这才有了"百花村"这个名字。

"文革"期间，在一片"砸烂百花村"的叫嚣声中，百花村百花凋蔽。

一粒文竹种子复兴凋蔽花村

朱海憨是一九四九年后百花村的第一代花农，因为种植技术高超，而于二十世纪五六十年代被位于鼓浪屿的华侨亚热带作物引种园请去当花工。和他一起被聘请的还有同村的另外两位花农。

令朱海憨没想到的是，"文革"之后百花村重振种花经济，竟发端于他从鼓浪屿带回的一粒文竹种子。

朱海憨在鼓浪屿当花工的那段时间，发现岛上不少别墅人家喜欢种文竹，花盆及四周常常落满文竹籽。"这就是种子，我父亲就跟文竹主人商量把文竹籽收集起来带走，文竹主人也乐意，因为平日里他们也是把这些籽扫掉而已"。今天，朱海憨之子朱江兴在百花村的自家别墅里忆起这段往事。

朱海憨把文竹籽带回家给了儿子们。朱江兴兄弟三人从父亲的手中接过花籽以后，就着手在自家花圃种植，很快成活，一传十、十传百地种开了。文竹长相优雅，文气十足，人们喜欢把它当盆景摆在客厅和书房，朱江兴家花圃里的文竹供不应求，文竹大卖为朱江兴家族花业兴起积累了第一桶金。一九七九年，朱江兴成为闻名全国的万元户。

文竹种植在百花村普及开来，村里的花农也都跟着种文竹，从中受益匪浅，当茉莉花的售价一株不到二毛钱时，文竹的售价一株已两元，百花村很畅销的盆栽还有四季桔。无论是文竹还是四季桔，大都是运往厦门各大菜市场销售，厦门成为百花村最大的市场，百花村花农今天回忆起当年在厦门的销售盛况，这样说："厦门像填不满的海！"可见，厦门对百花村的需求量有多大。

当时，百花村所在的九湖镇看准种花的商机，镇领导在全镇积极引导种花种果，仅水仙花，全镇种植面积就有三百亩，分属百花村等七个村庄。九湖镇还为此成立九湖花木公司来推广花木，率先种花致富的朱江兴成为常务副总。一时间，在百花村的带动下，九湖花木远销全国各地。

一九九七年，组织上要求朱江兴出任长福村党支部书记，希望由他带头建设坚强有力的村党支部，以此带动整个百花村的经济发展与民风改良。朱江兴连任三届十五年之久，直到二〇一二年卸任。"如果要您总结这十五年来对百花村的贡献，您会怎么说呢？"面对这个问题，朱江兴答："贡献不敢说。但我做到了两点,一是带领长福村党支部连续八年获得龙海市五星级党支部;二是带领村民大规模种植花木,面积从原来的一千三百亩扩大到二万亩。"

尽管朱江兴已卸任五年,但他在百花村依然有口皆碑,陪我采风的村委朱雪娥感叹到:"在历任村支书中,朱书记是贡献最大的。"她说,朱江兴出任支部书记前,长福村党支部三人多派,很不团结,是龙海市最落后的党支部之一。村民中也是山头林立,各不买账,甚至出现村落间打群架,严重影响百花村经济的发展。朱江兴上任后,全身心扑在村支部的建设和带领村民发展经济的事业上,个人经济发展都顾不上了。作为早期的种花致富能手,朱江兴早些时候就走南闯北,见多识广,他一上任,就把他几年来积累的经验与资源全都用在带领村民种植和销售上。比如,改革开放之初,朱江兴就到荷兰学习参观,深受荷兰花木业产销分开理念的影响。在村支书任上,他便鼓励村民往外租地种植,把自家在百花村占地有限的花圃用作花卉市场。几年后,他又带着村民搭上漳州市建设百花长廊的好时机,在百花村口的国道线两侧建了一个又一个花市,从一个花村伸展出一个百花长廊。而今,走在长廊里,就觉花香绵延不绝。

返乡二代深耕花田

地球村时代,外面的世界很精彩,百花村年轻一代甘愿埋首花丛,深耕花田吗?

"种花,赚不了大钱,但过日子容易,独立自主,不求他人,何乐而不为呢?"一九七二年出生的刘德隆说。

刘德隆从父辈手中接过小小的花圃,经过十几年用心耕耘,而今花圃已成为以出口为主的集团公司,花木销往美国、日本等二十多个国家和地区,榕树、虎尾兰、发财树、仙人球等花木销量最好。

互联网和展会为这位百花村农家子弟嫁接起与外界四通八达的销售网

忙完一上午的养花卖花，午后时分稍作休息的村民们。图 / 刘阳

百花村

　　百花村，原名塘北村，又名长福村，据传明朝永乐年间，宋代理学家朱熹的后裔避祸来到这里，种花渡日。以后，世代相传，种花卖花。一九六三年朱德委员长来南方视察，看见这里到处种花，赞美道："真是个百花村！"由此得名。百花村的男女老少都有一套种花技术，养成爱花嗜好。

络。在德隆集团，数十位大学毕业生每天都在通过网络与海外客户联络。"他们有不少是园艺专业毕业的，年轻，有冲劲，有想法，善于把实践与理念进行结合。"只读完初中的刘德隆深感大学毕业生的加盟使他如虎添翼。他们分属于贸易部、生产部、质检部、仓管部、采购部等部门，对德隆集团的销售部分贡献良多。"但种植方面，还是经验明显不足，需要我手把手教"，刘德隆坦言。

百花村还有不少如德隆那样走向海外市场的花木公司，它们的共同特点是，有扎实的种植技术，有年轻人的加盟，有新理念的注入。这些愿意几年如一日深耕花田的年轻人，有不少是返乡青年，百花村的二代三代，他们从养花种草中看到希望，如郑德隆所言"过日子容易"。

其实，早些时候，百花村农民并不希望自己的子女大学毕业后还回乡种花。"读好书，跳出农门"是很多花农对子女的期待，即使如朱江兴这样老早就开眼界的人也是这么要求子女的。他的两个儿子和三个侄子都考上军校，当军官了，只有一位侄子继承养花世家的衣钵。"但现在，我觉得当初的观念是落后的。"朱江兴而今回首总结道。

读好书又回到农门的，在百花村并不少数，这些返乡青年继承父辈种花手艺，又有新知识加持，种花卖花得心应手。

诗意盎然 文脉绵长

与其他村子不一样，百花村活在许多文人的心里，尽管它现在实际上已是商业气息浓厚、城镇化明显。不像村落的村落，但文人雅士忆起它，依然心头诗意升起，他们甚至常常把百花村诗化。有时，百花村又成为他们精神营养的所在。漳州是出文人的地方，漳州文人，不管留下的还是离开的，他们的笔下大都有过百花村。

在百花村那些日子，行走于花间草径，我就情不自禁地想起两位走得很远的龙海籍女诗人——子梵梅和安琪，而在其他村子时，我基本上不会想起她们,尽管两位都是我多年的好友。

诗人子梵梅离开龙海前在九湖中学教书。当学生时,她学的是根雕专业,所以,经常到百花村来。毕业后,她就留在九湖中学教语文,为九湖创作了许多诗歌。其间,她在校组织根雕兴趣小组,向学生传承根雕技艺,偶尔也会带学生到百花村来学艺。我未见百花村时,就经常听她说百花村,我对百花村的很多认识,都是从她的言谈中而来,固化为美好印象。甚至她那衣袂飘飘的出尘之态,在我的心间,就是百花村的化身。

诗人安琪去北京前,就住在百花村边上的漳州。在诗歌界,她和百花村一样,都是漳州的名片。尽管赴京多年,百花村依然是她魂牵梦绕的所在。在百花村采风的日子,当我微信告诉她时,几分钟后,她就写下了这首诗,我把它作为本文的结尾:

百花村
　　——给年月

她在故乡百花居住的某个村落

想起我

这移居异乡的植物

是否水土不服

是否根系 还在不断蔓延 朝着南方的方向

她用微信把她的问候传递给了我

仅此一念

便使干渴的灵感得到灌溉

她应该是月季 月月有美意

而我是菊

随便放在哪里都能野蛮生长

二〇一七年八月十五日

林前伽蓝药王巡社。图/林财民

九湖林前伽蓝药王巡社

九湖林前伽蓝药王巡社集汉族广泛流行的"抬神像巡游"和闽南的"崇水"信仰于一体,极为独特罕见。它的历史悠久,直接与唐代开漳历史相关,是民族文化相互渗透、相互融合的见证,是古老的闽南土著文化的遗存。

整个活动前后持续三天,村民载歌载舞,尽情狂欢,许多闽南民间艺术经由这一载体得到保存。每年农历正月十三开始,正月十五结束,以十五最为隆重精彩。泼水闹元宵的习俗,在附近一带,乃至整个漳州,只有林前村一个村保有,林前村这个习俗已经有数百甚至上千年历史。

根据习俗,第一天准备丰盛食品,如象征长寿的红龟粿,举行各种祭祀活动。第二天,村民先是在村里的两个池塘里相互"㾕水"(闽南语,意为泼水),届时,村民们要穿上传统礼服——蓝大褂,戴礼帽,插金花(寓意子孙后代高中状元,有出息)。将喷有高粱酒的长条黑布卷起来,拧成一条很粗的绳子,再将也插着金花的伽蓝(药王)神像牢固绑在抬架上。药王神像刚从郑氏祠堂扛出来就被村民们扔进祠堂前的池塘里,村里未婚的大男孩跳进池塘里将浑身湿透的神像抢救上岸。然后巡社活动开始。要走全村十八个点,即十八个郑氏分支,每个点都要摆上香案进行祭拜,傍晚时分,神像抬回庙里,巡社活动才算结束。第三天,在村外的溪里举行泼水活动,洗去所有晦气,"人神共甘霖"。

\塔潭\

鸟语竹海古香路

清晨五时,欧阳月琴家的鸟儿把我从睡梦中叫醒了。鸟儿们在她家屋檐下筑巢,从早到晚,总是鸟语不断,清晨,更是一片欢呼似地迎接新一天的到来。

塔潭村拥有四万亩的山林,这里是鸟儿的天堂,清晨未到,已是满山满谷的鸟鸣,这个拥有三千多人的村子,每天清晨都在层层叠叠、绵密无比的鸟语中醒来。

村民们打开家门,猪肉摊也摆出来。塔潭村没有菜市场,或者说它不需要菜市场,家家户户都有菜园子,想吃菜时,就到园子里摘一些。有什么买卖都在家门口进行。猪肉摊最多。一日三餐,除了菜,村民们最需要的是猪肉。其次是海鲜,塔潭村地处高山,离海甚远,海鲜都得靠外面供应。

走在清晨的街上,我便遇到从海澄月港来的摩托车,车后座及两边挂着大筐小筐,筐里装满各类海获,除了鱼,还有花蛤、海蛎、蛏,摩托车手告诉我,他凌晨四点就出门了,骑车上山,用了两个小时,赶在六点,出现在塔潭村的大街小巷里,中午十二点离开,这样,他每天可以赚个一百来元。

走着走着,我遇到村民欧阳飞凤,她要上山去摘桂竹。我坐上她那辆微型车,山路崎岖不平,但她驾轻就熟,一会儿就钻进山里的竹林间。四十五岁的飞凤是我前一晚到村民家中访谈时认识的,她待人热情、做事勤劳,山里的各种农活都干过,一心只想帮家里致富。

竹林深处的塔潭。图 / 王火炎

塔潭村

漳州有句俗话,"刚从塔潭被虎追出来的"。从这句俗话里,就可想像,以前大山里的塔潭,是怎样的一个封闭山村了。位于大山深处的塔潭,与名闻遐迩的三平寺仅一山之隔,早期要到三平寺,塔潭是必经之路,许多香客来到这里作给养补充及休息,塔潭也就因此而声名远扬。

初夏，桂竹盛产，这些从土壤冒出来，无须村民任何照顾的桂竹，成了公共的盘中餐。驻村那几天，无论我在餐馆还是在村民家中，总能吃到或炒或炖的桂竹笋。我戏称自己成了天天吃竹子的熊猫。

塔潭村近百分之九十的人姓欧阳。他们的祖先欧阳仪，于明洪武二年（一三六九年）从河南入漳州，在这崇山峻岭间定居下来，繁衍后代。村名原称宝潭，因境内有三个潭，村口又有座塔，后来便改名"塔潭"。塔潭村的第二大姓是邱姓，但只有八十多人。村支书欧阳振强很自豪地对我说，即使外来外姓人，一旦定居塔潭村，也主动要求改姓欧阳，所以，欧阳就成为塔潭村不可动摇的最大姓。

位于龙海市程溪镇西部的塔潭村，与平和县交界，属龙海最边远的山区。因为山高地险，王占春曾率红三团在此建立据点打游击。但再怎么险峻，也阻止不了人们从这里翻山越岭前往三平寺，早前几百年间，塔潭是通往三平寺的必由之路，形成高高低低、芒草埋径的古香道，我六岁起，就时常随母亲从龙海的另一个边陲小镇港尾，搭客车进入程溪，进入龙海最边远的山区，开始夜以继日地爬山涉水，只为朝圣三平祖师公。驻村时，我又重走这条早已印入儿时记忆的古香道，不禁对小时候的自己无比敬佩，六岁的我，打着瞌睡，从天黑走到天亮，从未抱怨。

童年记忆里的塔潭村很穷，香道上很多乞丐。寒夜里，他们裹着破棉袄，哆哆嗦嗦地坐在香道两侧，等着过路香客的施舍。我记得每年春节前后，我们要去三平寺朝拜时，母亲都会提前准备大量的一分硬币并包裹得严严实实，就是为了满足沿途乞丐的乞讨。

当然，现在的塔潭村早已不是儿时所见的模样。它和许多闽南乡村一样，脱贫致富，水泥街巷代替了山路，钢筋楼房代替了依山而建的瓦屋。

因此，走进那一万多亩的竹海，我就不想再走出来。

不可居无竹

"宁可食无肉，不可居无竹"，苏东坡的诗句在塔潭村有真实的写照。

塔潭盛产桂竹。
图 / 王火炎

竹篮、竹帽、竹笋,塔潭村民的生活绕不开竹子。图/王火炎

塔潭村的竹海一万七千亩，不仅满山满谷是竹子，房前屋后也都是竹子。以为走出一片竹林，结果一迈脚又进入另一片竹林。我刚入驻村民家中时就纳闷——明明是街面上的房子，怎么鸟鸣四起，绕到屋后，才发现房前是街，房后却是竹林。鸟儿在竹林里待腻了，就到农民的屋檐下筑巢，不慌不忙地从早把歌唱到晚，它们才不怕人呢。

竹子品种繁多，生长在塔潭村的竹子主要有毛竹、麻竹、桂竹和雷竹，它们依着季节轮流生长，塔潭村民享受熊猫的待遇，春夏秋冬，从早到晚都有竹笋吃。

对塔潭村村民而言，竹可不只是丰富餐桌上的菜，也不只是供观赏用，它还是实实在在的经济作物。

"竹子全身都是宝"，七旬村民欧阳文交骄傲地对我说。他带我来到竹扫把工坊，农民把竹子的尾端绑成一束，扎得结结实实的，晒干，当竹扫。一车车竹扫销往厦门，成为环卫工人的好帮手。

竹竿可用以搭建房屋，竹片可用以铺设脚手架，竹篾可用以编筐筛，竹叶可用以编斗笠，竹绳可用以绑粽子，竹笋可用以食用，竹竿、竹片、竹篾、竹绳等合起来制作，便是竹桌、竹椅甚至竹楼等生活用品。

塔潭村民个个都是能工巧匠，他们能把竹子的用途发挥到极致。我们到村里时，还有一个月才迎端午节，但处处可见制作粽绳的情景。

八十一岁的瑞珍阿婆，坐在积庆楼的一侧，拿着劈刀，正一刀一刀地劈竹子，她要把竹竿劈成竹片，再把竹片劈成竹条，又把竹条劈成竹线，可不是几刀就能实现的，而要几十刀，从粗变成细，越往后就越难劈，直到比手指还细时，那就难上加难了。但八旬阿婆眼不花，手不抖，可见心不慌。在我们眼皮底下，她举着锋利的劈刀，轻巧地把一根竹竿变成无数条竹钎。"五月节，你们要来吃粽子哦！"她笑吟吟地对我们说。

七十九岁的欧阳大班，十岁起编竹子，她编的面筛结实耐用，既可家用，又可用于餐厅和食堂，比如淘米，把面筛往米汤里一放，捞起，米、汤分离，是煮大锅饭时淘米的好家伙，当然，还可用以晒干果，是各种季节晒物的好器具。

　　近些年来，竹器的替代品越来越多，比如，建筑用的竹架被铁架代替，生活中的竹器被塑料制品代替。竹器销量越来越少，大部分都从生活用品转为工艺品，厦门一些复古式咖啡厅就专门来找大班阿婆订制面筛，挂在墙壁上当装饰。

　　竹器销量锐减，单价自然就往下降。但因为是纯手工制品，用时依然那么多。不好赚，又很花工夫，年轻人就不爱学，觉得不值得。大班阿婆这样有七十年手艺的工匠，编面筛，从准备材料到细分材料再到编制成筛，一天下来，从早忙到晚，也只能编好一只。一只售价多少呢？十五元人民币，扣除五元材料费，只赚十元。一天忙不个不停，却只能赚十元，年轻人看不上。所以，大班阿婆的手艺真要失传了。

　　当然，年轻人也有创新竹制品的招数。欧阳小燕等年轻人走的是旅游观光的路数。小燕开了家小燕竹筒饭，房子、吧台、楼台、桌子、椅子、餐厅里所有的构件，全都竹制品。食品不只有竹筒饭，所有菜品都用竹筒装，架在火上烤。咸饭、卤肉、蒸蛋、煮鱼、笋煲都用竹筒盛放。竹筒受火烤，就分泌出竹水，竹水渗透进食物，食物便别有风味。小燕竹筒饭只推出两年，就获得"漳州名小吃"等多个奖项。

塔潭是通往三平寺的必经之路，有着千年的古香道。图 / 王火炎

古香道朝圣

一千多年来，塔潭是通往三平寺的必经之路，在那里便贯穿着历经艰险又充满希望的古香道。

三平寺始建于唐会昌五年（八四五年），距今已有一千一百七十多年的历史，为唐高僧杨义中所建，杨义中也成为人们口口声声传颂的祖师公。

相传当年，唐武宗李炎实行废佛汰僧政策，严重打击佛教，位于漳州芝山半云峰下的三平真院同样不能幸免。为躲避劫难，保住佛教真传，领悟樟花引路玄机，住持义中禅师率领三平真院僧众溯溪而上，历经三险三平，终于抵达三平山，在此地传教，为民治病。二十七年后，九十二岁高龄的义中禅师于唐咸通十三年（八七二年）十一月初六圆寂于三平寺。

闽南地区的信众并不因为义中禅师圆寂而停下前往三平寺朝圣的脚步，也不因为三平寺山高水远、山道崎岖而却步，相反，更多的人加入其中。不分白天黑夜，不分男女老少，信众绵延不绝地走在往三平寺的朝圣路上，走着走着，古香道出现了。

小时候的我也曾是这条道上十分虔诚的小香客。我们从龙海港尾坐客车到漳州芗城区，再转小客车到程溪，进入程溪不久，就要开始走山路了。山路必经之村便是塔潭。

数十年后，已是中年的我来到塔潭，重走古香道。陪我前往的塔潭村民、七十多岁的欧阳文交对我说起一个传说，一千多年前，祖师公在世时曾问过当地村民："你们是要吃我的，还是让我吃你们的？"村民齐声回答："我们吃您的！"这样，当地村民不用干活赚钱，只需守在古香道两侧，等着过道香客送来钱币。欧阳文交说的传说让我想起了小时候，每次要前往三平寺朝圣时，母亲便会提前好几天换好许多硬币，用纸包成一摞摞，进入塔潭村地界便取出来，沿路分发给守在香道两侧的乞丐，母亲和所有香客一样无半声怨言，无半点不舍之情。一路上，信众心甘情愿，受者心安理得。

当年，塔潭村民会忍受酷暑严寒蹲守在古香道边"吃祖师公"，主要的原因还是穷。改革开放后,特别是最近十年,村民依靠数万亩山林发展农业和手工业,勤劳致富,早就毋须伸手向香客要钱。这一景象也永远过去了。

因为新道路开拓,古香道已不再走人,它静静地躺在萋萋芳草中。

但古香道所承载的历经艰险而不悔、一心向善谋好事的精神并未褪色。

历经千年的刘香路,沿途出现七座庙宇。从程溪下庄村至三平寺,人们一路朝圣,南天门土地公、淡田观音佛祖、分路亭伽蓝爷、叠石庙三王公、彭水祖师。

凡人求神拜佛,不外乎求财、求子、求寿,三者一般只能求其一而难求其三,寓意难以事事求得,可这一路上三者皆可求。古香道一路朝圣,向观音求子,向伽蓝爷求财,而抵达三平寺,可求寿。

朝圣古香道上的七座庙宇在竹林深处。每到一处庙宇,我如儿时一样顶礼膜拜,点上一炷香,诚心祈福。

几乎所有的寺庙前都有凉亭,叫"歇困亭",这是闽南音译,也就是走困了歇歇吧。在朝圣的路上走累了,进来歇歇,燃一炷香,喝一杯茶,放下重压,身轻心诚往前走。

积庆楼外唱芗剧

塔潭村除庙多外,还有座古建筑,在村中挺拨显眼,它叫"积庆楼",原为邱氏家庙。在塔潭村,邱氏是仅次于欧阳氏的大姓,与欧阳氏相处融洽。欧阳氏繁衍较快,到了清乾隆时,邱氏主动把积庆楼让给欧阳氏扩建为祠,欧阳氏反过来把东厢房留给邱氏供奉祖先。二〇一二年,邱氏另外选地方建祖祠,欧阳氏在人力、物资方面给予支持。

欧阳氏与邱氏互相礼让、互帮互助的故事一时传为佳话,也说明了塔潭村自古以来民风之淳朴。

来到积庆楼前,门匾上"积庆楼"三字苍劲有力,对联"渤海金镛增国器 欧山玉笔破天荒",道出欧阳氏的来历与志向。欧阳氏祖先来自中原渤海,

积庆楼。图/王火炎

文治武功。其祖先欧阳詹曾中进士,画像被供于二楼,两侧分别挂有"进士""贡元"牌匾。

站在积庆楼二楼远眺,群山环抱,竹海涛涛。这座三层古楼,院前有一列厢房,两侧各有护厝,整座建筑呈"同"字形状。

值得一提的是,积庆楼曾是共产党的游击战据点,二十世纪三十年代,王占春率红三团来到这里,以此为据点展开游击战,这段历史使原本只是宗祠的积庆楼多了红色。

遗憾的是,积庆楼在修缮过程中外观颜色发生较大改变。积庆楼原本是土楼,因年代久远岌岌可危,为保住祖宗留下的遗产,欧阳氏便发动宗亲集资进行修缮,外墙下方涂成绿色,屋脊装饰精美的人工剪瓷,但这份好心好意使积庆楼作为古建筑的价值锐减。站在积庆楼前,塔潭村支书欧阳振强遗憾地说:"那时,我们不懂古建筑如何保护,不懂得最好的保护是修旧如旧,而是倾我们的财力把它修得更美，以为这样才能对得起老祖宗。"

吃一堑长一智，塔潭村民交了学费后逐渐知晓保护祖宗留下的文化遗产。对芗剧的保护与弘扬就是一例。

村民自古以来喜爱芗剧，但芗剧团办一阵停一阵，因为看芗剧的人越来越少，收演出费已难以维持剧团费用。几年前，以造路做成大事业的村民欧阳文泉便捐资购买演出道具、服装，恢复了倒闭多年的村芗剧团，聘请欧阳文交当团长，召集全村二十多位热爱芗剧的村民来当演员，村民们边打工边排戏，渐渐唱出名声来，闽南地区有需唱戏酬神的也会请剧团去演出。

芗剧团取名"渤海芗剧团"，显然是为了纪念祖宗发祥地渤海。剧团目前每年演出一百多场。我到塔潭驻村时，芗剧团正为下个月到厦门连演五天而排练。

三十二岁的欧阳彩华是剧团旦角，她绝大多数时候是戏的主角。但她和所有的演员一样，也边打工边排戏，因为演戏根本养不活自己，而且剧团实行的是均等分配，每个人每演出一场都可得一百多元，并不因主角配角而分配不等。欧阳彩华不演出时就在鞋厂打工，碰到演出任务到来时，她便向厂里请假。其他演员也大都如此。工厂老板会不会不让他们去演出呢？"不会的，老板也是本村人，很能理解大家对芗剧的热爱。"

夜幕降临，华灯初上。我走在塔潭村的村道上，时不时碰到追逐嬉戏的孩子、散步聊天的老人、提着红色竹篮前往上庵或下庵拜拜的妇女，还有站在大埕边热烈讨论创新创业的男人……

程溪菠萝田。图/林财民

程溪菠萝

程溪菠萝由台湾地区有刺菠萝经过特殊培育而成，它与程溪一带气候、环境相适应。菠萝又称凤梨、旺梨，闽台一带，逢年过节，总要买些旺梨祭祖，以求人丁财气两旺。

程溪菠萝的种植历史悠久。早在二十世纪三十年代，当地就开始种植沙捞越种无刺菠萝，由于品质较差，又于一九六〇年从广东引进台湾地区有刺菠萝。首先在下庄、人家、上坪、顶叶等地试种，通过不断改良品种，优化种植结构，逐步推广到全镇各村。目前，程溪镇菠萝总种植面积有四万五千万亩，年产菠萝约五万五千吨，是福建省最大的菠萝生产基地。

程溪镇年平均气温二十一摄氏度，有效积温七千六百六十六摄氏度，无霜期在三百五十天以上，年降雨量一千三百七十一厘米，土层深厚，土地肥沃，山地多是类酸性的红壤土，十分适宜种植菠萝。独特的环境赋予作物独特的品质，程溪菠萝颇受顾客青睐，在东南亚地区享有盛誉。为使程溪菠萝的品质更优，当地不断改良培育品种，经过多年的反复实践，总结出一套丰产优质反季节菠萝栽培技术，如今，程溪菠萝已不受季节限制，实现常年化，可谓"四季果"。程溪菠萝的加工产品种类繁多，主要有程溪菠萝干片、程溪菠萝罐头、程溪菠萝果汁、速冻菠萝块以及程溪菠萝酱。

\ 溪洲 \
在九龙江口围溪而洲

凌晨四时,路灯灭了,传来阵阵犬吠声。溪洲,醒来了。

顺记面馆那水灵灵的年轻女老板起床了,她将出门去肉摊买刚宰的猪肉和内脏,讨小海的也会把刚上岸的花蛤和蛏送上门来。这些是她生烫的食材,因为溪洲地处九龙江入海口,时时有新鲜的海获,天亮之前,顺记女老板会把所有的食材准备妥当,村里村外的食客会循味而来。

苏醒过来打开门面的并不只有顺记面馆,沿着街道一条线排开的各种店门,也在第一缕阳光照临九龙江口时,一一打开。

快乐番薯、新行头五香、五叉路日杂店、德和堂药店、Leisure bar……争相开门迎客。

有趣的是,好几个店家都在门前挂出互相调侃的标语,"不知道为啥,就想挂个横幅玩玩""隔壁挂横幅,我也凑个热闹""听说最近流行挂横幅,不挂个横幅,出门都不好意思跟他们打招呼……"难道店家们在怄气在较劲吗?我好奇地问了没挂横幅的顺记女老板,她笑着摇摇头:"不是,他们只是觉得这样好玩,是从网上学的。"从一进这个村落起,我总觉得它与我住过的村庄很不一样,多了些城里的色彩,显得驳杂。

我也起了个大早。我住在村文书曾秀全的家中。驻村前,我与素未谋面的村支书曾文德通过数次电话，我告诉他我想住下来，他问，溪洲离市区只有几公里，为什么不住在市区。但听我那么坚决要住在村里时，他说村部可以住。我心安理得地在村子里采访了一天，等夜深人静时再提着行李来到村部，陪我走村串户的村文书曾秀全打开办公室说："喏，这就是宿舍，一张席子铺地上。"我说："没关系，只要有席子就行，我自己带了小被子。但他过意不去，热情邀请我到他家住："我家就在对面，我女儿到外地了，家里就我和我老婆。"我心生感动，随他来到位于村部对面的一座三层楼房，他和妻子安排我住在她女儿的房间，夫妻俩的热心让我感到特别舒心。

这是农历十五的夜晚，月特别圆特别亮。我在曾家的院子里，抬头就可与月相见，但到了三楼的沿街阳台上，月亮就变得模糊了，因为街上的路灯太亮了，灯光照进卧室，所幸，因为采访太累，也因为主人温馨，我很快就进入梦乡。

凌晨四时，我醒来，路灯刚刚灭了，我便在黎明前的黑暗中，聆听各种声响，鸟啁、蛙鸣、鸡叫、犬吠。后来，摩托车声四起，预示着宁静的夜晚过去了，繁忙的白天降临了。摩托车是溪洲人的交通工具，在清晨里，他们发动了摩托车，出发，或者去海边捕鱼，或者去城里上班，或者去邻村买卖。

尽管我起了个大早，还是没能跟曾秀全夫妇问早。屋内空无一人，我走出一楼大门，把门轻轻掩上，这里不需要锁门。心想，夫妇俩可能到庙里拜拜了，这一天，农历五月十六日，溪洲村一年中最热闹的日子，方圆百里内，将有二三十条龙舟驶进溪洲。

他们赛龙舟来了！

年年举办却不分胜负的龙舟赛

九龙江冲向大海，日复一日，冲积出浒茂岛，溪洲村就在浒茂岛的中心点上，作为冲积岛屿，浒茂岛并不是一个圆乎乎的岛屿，而是河汊密布，岛上的人们利用地形，进行围田种植，溪洲村就是围溪造田的结果。它原名叫"北

划龙舟。
图/王火炎

林秉祥故居。图／王火炎

紫泥溪洲

　　紫泥、东园、石码、浮宫等镇与海澄镇一样，同属月港，从紫泥溪洲走出的一代侨雄林秉祥，是海商。十九世纪末，他创建的和丰轮船公司拥有远洋巨轮二十九艘，执东南亚航运业之牛耳，睥睨国际航运界。

林秉祥宗亲林其典一家,至今还居住在别墅群里。图 / 王火炎

溪头围仔",后因"围溪为洲"的缘故,简化为"溪洲"。

因水而生,龙舟赛成为溪洲人两百多年来年年举办的传统体育项目。

二〇一八年,农历五月十六,我看到溪洲村各个路口都搭建有彩虹门,那都是村民自愿捐搭的,彩虹门上除了写上"热烈祝贺溪洲村龙舟赛成功举办"等字样外,还会署上捐钱者的姓名,这让捐钱者无尚荣光。闽南村社中,人们对为村里捐钱做好事看得很重,做好事的人从周围人的肯定中获得更多的自信。

为什么是农历五月十六,而非传统的五月初五端午节?走在去龙舟赛现场——西尖尾港的路上,七十二岁的郭锦辉对我说:"我们是为了纪念仰北宫落成的那个日子——农历五月十六日。"仰北宫,是溪洲村人的信仰所在,始建于嘉庆八年(一八〇三年),祀保生大帝和玄天上帝。它落成于嘉庆八年(一八〇三年)农历五月十六日,村民便举办龙舟赛以示庆祝,从此,龙舟赛成为溪洲村年年必举办的项目,农历五月十六日这一天也是溪洲人一年中最重视最闹热的日子。"即使在'瓜菜代'的日子里,我们也不曾停办过。"郭锦辉自豪地说。他说的"瓜菜代"指的是三年困难时期,没粮食吃,只能用地瓜和蔬菜充饥。"饿得没力气了,我们还是坚持划龙舟。"

正月十五傍晚时分,我们来到西尖尾港边上,夕阳西下,余晖洒在江面上,波光粼粼。一个个写着"仰北宫"三个字的船桨,竖在岸边,等待着出发。此刻很安静。谁知道,明天,这里将上演着怎样激烈的比拼与碰撞呢?

争先恐后的情绪已酝酿许久。从农历四月间,溪洲村及周边村庄一如既往地开始龙舟训练。溪洲村是主场,吸引着周边十几个村庄心向往之。整个浒茂岛的条条河港,充斥拼搏呐喊声,所有龙舟赛手经过数十日艰苦的训练,都想在五月十六日那一天尽展风采。

每条龙舟约需要正式选手五十名、候补选手三十名,所以,需要八十名选手参与训练。他们并非专业龙舟赛手,而是土生土长的农民,平日都有农事或工作要做,只能利用午休时间训练。大家都尽可能克服困难以配合集体的训练，只为给村庄增光。

溪洲村等村庄的龙舟赛并不以村两委为单位来组织，而是以宫庙为单位。以溪洲村为例，它以村里的两个主要宫庙——仰北宫和东兴宫为主事。宫庙通过掷签来选出三十名理事，他们在理事长的领导下有条不紊地开展活动。

举办龙舟赛需要大笔费用，涉及船只、服装、奖品、庆功宴……这些费用都由村民自愿捐资，往往是那些产业做得好又热心村庄公益的村民捐得多，普通村民也会尽自己所能捐一些，比如郭锦辉，他是七旬老人，也捐了四百元。理事会在宫庙显眼处公布捐资情况和支出明细，以接受全体村民监督。因此每年至少有一个月，龙舟赛都是村民的主要话题，而并非只是选手们的训练课。

农历五月十六日一大早，郭锦辉就带着我们到仰北宫上香。从清晨六时起，

林秉祥捐建的采蘩药局遗址。图/王火炎

剪瓷手艺人林建通。图 / 王火炎

林建和手把手教村里的孩子舞剑。图 / 王火炎

村民们就提着猪头等供品来到仰北宫拜拜，为龙舟赛奏响庄严肃穆而又不失喜庆的序曲。

宫里还为选手们准备龙舟饭，有干饭，有肉，有鱼，有菜，总之，要让选手们吃得饱饱的。这些饭菜的筹备，都由理事家属来义务执行。一人当选理事，全家人都要无偿投入龙舟赛中。尽管忙得很，但大家乐不可支，觉得这是神明给予自己及全家最大的信任与福祉。

宫庙负责人热情地邀请我们吃龙舟饭，饭后，郭锦辉带领我和摄影师王火炎一一上香。之后，我们才能去港西尖尾港看赛龙舟。

午时，烈日当空。北港只有一艘龙舟在水上荡漾。龙舟的船身写着"仰北宫"三字，舟上五十位选手的后背齐刷刷地写上这三个字。溪洲村是东道主，所以，它的龙舟要早早来到港边恭迎各村社的龙舟。

此刻，岸上的人比江上的人多。不仅本村，远近数十里的村民都来围观，把整个河岸围得严严实实，他们的热情显然甚于烈日。

第二艘龙舟徐徐驶进北港，也是仰北宫的，紧接着是第三艘，是东兴宫的，无论仰北宫的，还是东兴宫的，都代表溪洲村，它们都提前驶进西尖尾港来恭迎各村社的龙舟。

金河头、草红社、新洋社、桃源社、关武刀社、吉贝社……代表各村社的龙舟次第而来，迎接它们的是溪洲村响彻天际的鞭炮声。溪洲村龙舟赛理事会在水中央竖起高塔，派两三名壮汉立其上，一有龙舟驶入，他们就燃放鞭炮，以示最热情的欢迎。理事会还为每艘龙舟选手准备了香烟、毛巾和充足的矿泉水。晚上，赛后庆功宴也由溪洲理事会出面举办，远近选手，不管有名无名，一起狂欢。这是最大的一笔费用支出，都从村民捐资的龙舟费用中开列。

那天下午，一下子来了三十多条龙舟，把整个西尖尾港塞得满满的，比赛只好在狭窄的河道上进行，但这约束冲销不了选手们高涨的热情。最后不分胜负，也没有冠亚军之别，因为村里村外都觉得比赛第二，友谊第一。

采蘩为哪般

徜徉在林秉祥故居和他的药局，我想起《诗经·召南》中的《采蘩》，不禁轻轻朗读：

　　于以采蘩？于沼于沚。于以用之？公侯之事。

　　于以采蘩？于涧之中。于以用之？公侯之宫。

　　被之僮僮，夙夜在公。被之祁祁，薄言还归。

什么地方采白蘩，沼泽旁边沙洲上。采来白蘩做何用？公侯之家祭祀用。

什么地方采白蘩，采来白蘩溪中洗。采来白蘩做何用？公侯之宫祭祀用。

差来专为采白蘩，没日没夜为公侯。差来采蘩人数多，不要轻言回家去。

蘩是什么呢？一种可供食用的蒿子，采了它做什么用呢？可作祭品。哦，明白了，林秉祥以"采蘩"来命名医局，想必是对乃父的追思。

林秉祥的父亲林和坂是溪洲人，但非凡人。十九世纪上半叶，年轻的林和坂创业于新加坡，成为掌握东南亚航运的一代巨擘。林秉祥子承父业，组建了拥有二三十艘轮船的轮船公司，拥有米厂、洋灰厂、油厂、铁厂等多类工厂的商号，也开办多家银行，财富积累如日中天。

林秉祥父子仅是有钱有势，后人也不会在一百多年后还缅怀他们。

林秉祥父子热心公益，不仅在星洲捐银办学，也不忘回报桑梓。仅在溪洲，父子俩就办了九所小学、一所商业中学，还办了采蘩医局。采蘩医局是免费行医、施药的慈善机构，还行助棺、恤邻、修路、息讼等善举。为了使善举行之久远，林秉祥还把创办宗旨、基金来源、服务内容、管理规范等写进《采蘩医局碑记》。

一百年后，采蘩医局早已结束营业，变成供奉观世音菩萨的庙宇。此前几年间，它也曾作为采蘩幼儿园校舍。但不管是哪种功能，这三者似乎一脉相承，都是做功德的。

采蘩医局不远处，便是林秉祥故居。这不是一座普通的故居，而是一座连绵起伏、气势恢弘的大厝，坐北朝南，从东往西，足足有十三落！

和所有去南洋发了大财的那些华侨一样，林秉祥父子也同样以在家乡建设高大气派的别墅群来光宗耀祖。这座建于一八九三年至一九〇六年的林秉祥故居，占地面积达三千三百多平方米、建筑面积达两千两百平方米，共有房、厅、亭、仓九十间。庄院四周水渠环绕，需拉放木板小桥才能进入。

而今，林秉祥的后代大都到南洋去了，只有五六户宗亲还居住在别墅群里。七十七岁的林其典抱着两岁的孙子，在家门口，把我迎进院子里，又爱又憎地拍打那条对我狂吠的狗，直到我在他家客厅落坐后，狗才不情不愿地停止吠。

论辈份，林其典要叫林秉祥叔公，他出生在这座别墅群里，但他的记忆里未见过林秉祥，林其典三岁时，林秉祥在星洲（即现在的新加坡）去世。但从懂事起，林其典就记得这座大厝里住着满满的林氏族人。后来大部分族人去了南洋，一九四九年后，因土改，别墅里的屋子有一大部分被分给农民住。一九五六年，情况有所改善，因为落实侨属政策，那些被分出去的房子又要回来了。但"文革"期间，别墅群被破坏，损伤惨重，屋内的珍藏都不翼而飞。"连八仙桌都被抬走了，八仙桌很漂亮，有花鸟雕刻"，林其典不无惋惜地说。

最近几年，林秉祥故居被作为文物保护起来，林其典他们家曾对自己居住的这一落进行维修，但当地政府特别要求他们要修旧如旧。"连砖块的厚度都要与旧砖头一般厚，三公分就是三公分，你不能去买两公分。"林其典比划道。

为那可能失传的手艺

东兴宫与仰北宫一样，是溪洲村最重要的宫庙，它们一东一西镇守村头。始建于清乾隆二十九年（一七六四年）的东兴宫，于二〇〇六年有过修葺，但总体仍保存清代建筑风格。初见东兴宫，不觉得起眼，但当我循着一侧的楼梯往上走时，顿时被其屋顶之美所震憾，三座屋顶都被剪瓷工艺装饰得美轮美奂，不仅有传统的龙凤，还有三国人物，花鸟更是少不了。剪瓷，是几近失传的民间工艺，而在这小小庙宇的屋顶上，呈现出场面如此弘大、如此铺排的剪瓷工艺。是何方大师的手艺呢？我忙下楼问庙祝，他淡淡地答道："我们本村的。""叫什么名字呢？"我急切地追问，他淡淡依旧："阿憨。"阿憨？如此聪慧之人，名字竟是这般傻劲十足，我就更好奇了，非找到他不可。

有郭锦辉阿伯领路，我很快找到这位剪瓷大师的家。可惜他到漳州竞标新的项目去了。他母亲和姐姐热情地接待我们，她们告诉我说，阿憨的姓名叫"林建通"。因为小时候看起来傻傻的，村里人就这么叫他。当林建通的手艺在外界远近闻名时，慕名来请他的外县人到村里找，问林建通住哪里，村人都回答说村里没这个人。

"建通小时候，父亲去世早，十四岁时就没上学了，有个远亲会剪瓷，他就拜远亲为师父，学起了剪瓷。"建通的母亲一边翻找茶点招待我们，一边忆起儿子的少年往事。"剪瓷是很苦的，他的大拇指和食指时常破皮流血，

顺记面馆的年轻女老板采用新鲜的海蚀煮面。图 / 王火炎

因为剪啤酒瓶,被碎玻璃扎伤。"龙,是最经常制作的剪瓷工艺吉祥物,"龙鳞"就是用啤酒瓶碎片修剪之后再贴上去的。

正说着,建通,也就是村民口中的"阿憨",回来了。他真的长得憨憨的,显得喜气而厚道。接过母亲的话荏,建通坦言自己也有过动摇,但最终因为热爱这门手艺而坚持了下来。"一做就是三十一年了",忆往昔,酸甜苦辣涌上心头,"做一条龙,从早到晚蹲在屋顶上做个不停,需要十几天,最怕突如其来的雷雨,两个小时内粘上去未干的龙鳞片全被雨水冲走。那种锥心的疼痛啊!"林建通边说边不由自主地摸了摸自己的胸口。

机器化制瓷的出现,彻底改变了剪瓷业的生态,许多配件都可以通过机器制作,匠人只要买回来贴上去就可以了。整个工程的进度大大提高,做一座宫庙的屋脊装饰,纯手工剪瓷需要两个月,而采用机器制瓷,需时不到半

剥海蛎。图/王火炎

个月。成本大大降低了。

"但工艺也完全弱化直至褪化了。"尽管机器化让林建通承包的宫庙工程进度翻番,但他仍不由婉惜地说。手工的还是比机器制的美,建通以龙爪为例说:"手工的龙爪有张力,而机器制作出来的龙爪,显得局促,张不开。"

最近十年,没有人来找林建通学剪瓷手艺,"因为吃不了这个苦",但林建通还是坚信剪瓷手艺是机器替代不了的。"我已经习惯这个苦,也就不觉得苦了。"

林建通的邻居林建和也是个一根筋的人。他十几岁习武,而今七十多岁了,还坚持在家带学徒。家里,刀枪剑矛,各种武器一应俱全,但最显眼的不过大厅上悬挂的两个横匾,左边书有"学艺务必精求精",右边则是"让人必须让再让"。习武、做人的内涵全点到了。

百年前,林秉祥曾一口气在家乡办了九所小学。尽管那些校舍早已失去功能,但教化还在。

紫泥竹篮。图/林财民

紫泥北岸篮

　　北岸篮的历史悠久，是紫泥镇西良村北岸社著名的手工业制品。明末清初，北岸社农民于农闲之时，栽竹于港边护岸，遂成民俗。后来北岸社以制竹器为副业，编制的畚箕可供劳作，篮子可供盛物。篮子工艺越来越精湛，供不应求。紫泥北岸篮子，美观实用质量好，早年就闻名闽南一带，故时人以其社名命名。

　　编制北岸篮，首先选良竹做材料，其次劈好竹皮片和细竹篾，最后才是耐心细致编制，这样编制后的北岸篮就结实坚固。

　　北岸篮编成以后还要再进行艺术加工。在篮子两旁有吉祥书画对称装饰，一般多用"福禄寿全""百年和好""吉祥如意""招财进宝"等字词。国画多以"喜鹊报喜""八仙过海""红花富贵""龙凤飞舞"等彩色画，篮盖上还有美丽图案画。使工艺、书画融成一体，最后还要漆上清油，因此，北岸篮雅观喜人。

　　北岸篮以大小号分类有八种。大号的同米箩口一样，用于年节时，由两人抬着送龟米粿。中号有两种，其直径各为三十六厘米和二十四厘米，用于结婚时女方随嫁盛物。小号的过去用于装白银圆（一小篮装一千银圆），或作盛其他较名贵物之用。最小号有四种，其中最小的似碗面之大，一般作为艺术品陈列，供人欣赏。小孩可站在大号和中号北岸篮上，而篮盖不损坏，各种北岸篮盛水不漏。

\ 马崎 \

一座宗祠，永久思念

如果没有连氏宗祠，马崎恐怕不可能出现在这本书里。这座宗祠几乎成为外地人想去马崎看看的全部理由，也成了马崎村人最引以为傲的资本。

十年前，我曾因为这座宗祠而数次进入马崎，平生第一次见识到宗祠对于宗亲的凝聚力之大。

此后的十年里，我未再到过马崎，但只要有人对我提起马崎，我的眼前便会不由自主地浮现许多感人的画面，这些画面都与连氏宗祠有关，都与马崎连氏宗亲翘首以盼的一个人有关，这个人就是中国国民党荣誉主席连战。

而今，闭上眼睛，这些画面再次出现在我的脑海里——

夜幕降临，马崎连氏宗祠大门前的那两盏分别写着"连府""尚书"的大红灯笼又亮了，灯光下，大门轻轻地掩上，喧闹一天的思成堂暂时安静下来。透过镂空花窗，借着堂内摇曳烛光，人们看到香案上用于祭祠的果蔬和器具都已摆齐，静穆地等待那个叫人魂牵梦绕的对岸的宗亲，明早踏波而来。

"明天五点之前，鸡、鸭、猪、狗都要关好！"一个男人的声音在村道上流传，原来，一位村干部正骑着自行车，车把上绑着一个大喇叭，大喇叭里反反复复地播放着那句话。"好咧！"村民们响应着。不管是行走在村道上的，还是在屋里看《连战福建行》电视报道的，自行车骑到哪儿，他们都

连氏宗祠 图/刘为

会认真地回应。晚上十一时,马崎连氏宗祠开始铺设红地毯。

二○○六年四月十九日上午,连战踏着红地毯走入祠堂。连战偕夫人连方瑀和子女一齐向列祖列宗跪下,他们三次叩首,一丝不苟地完成十二道祭祖程序。当连战步出祠堂,又一次出现在全村宗亲面前时,雷鸣般的掌声经久不息。说到连氏列祖列宗,连战动情地对天喊道:"爷爷啊,我回来了,我终于回来了!"

祭祖墓时,连战再次深情呼唤:"祖宗、祖宗,我回来了!"与声相伴的是两行热泪,起身那一刻,他用洁白的手帕包起一抔黄土……

相隔十年,我再次回到马崎。

思成堂的亲情

跨入思成堂,迎接我的是八十一岁的连宗和。

十年前,连战返乡祭祖时,连宗和和十二位乡亲作为陪祭,全程参与整

连氏宗祠一隅。图/刘阳

个祭祖过程。作为亲历者,加上读过书,当过兵,且普通话较标准,连宗和成了连氏宗祠的管理者和讲解者,接待无数来自四方的参观者。尽管过了十年,他口齿还是那么清晰,动作那么利索。

坐在天井里,他们一起回忆起十年前那感人的往事。

祭祖后,连战便与连宗和等宗亲闲话家常,亲切的气氛代替了祭祖时的肃穆氛围。马崎宗亲的代表连宗和、连鸿举、连守镇和连木泉与连战围坐一圈,起初手都不知怎么放,但话匣子一打开,大家都感到放松。

"连战宗亲,你与咱们马崎隔海相望这么多年,今天终于回来了,宗族乡亲的欢喜之情是难以用言语来表达的。"连宗和代表宗亲说出肺腑之言。接下来,他向连战介绍马崎村的现状,比如总人口一千九百零八人,聚族而居的连氏宗亲就有一千四百九十六人,又比如马崎宗亲以种蘑菇为主业。

连战听了频频点头,当他发现后排的几位宗亲还站着,忙招手说:"各位宗亲,干嘛站着,坐下来吧。"

连战用闽南话说道:"人常说,人亲不如土亲,回到大陆,我已访问过许多地方,老百姓对我都非常亲切。今天来到漳州马崎,因为都是宗亲,这种感觉更是与众不同!毕竟,我们今天走的路、生活的土地,都是我们的祖先,流着一滴滴的汗,流着一滴滴的血开垦出来的⋯⋯"

连家兄弟从祖先谈到现在,后来竟说起各自的属相,气氛越来越亲切。

"我属猪,比你大一岁,今年七十二岁。"连宗和说。

"我属鼠,比你小一岁,今年七十一岁。"连战说。

连战说:"以后我们多疏通疏通。"(多多联系往来)他告诉宗亲们,我们要思考一个未来,孩子们的未来,这是非常重要的事情,是世世代代的事情。

其实,在连战尚未回乡祭祖的前几年,马崎的连氏宗亲就常对他心心念念。早在二○○三年,马崎村连氏宗亲就着手重建宗祠,一听说是为修宗祠筹钱,人人响应,每丁一百五十元,有的还一人捐了近万元。重建时,连战正担任中国国民党主席,为祈祷连战能在选举中胜出,马崎的连氏宗亲为连战祈福,他们认为宗祠的大梁应选上等木材,为了找到这根大梁,宗亲们走遍闽南,费时几个月,最后,找到一根长六米、直径三十六厘米的上等木材做宗祠的大梁。全村的连氏宗亲都到宗祠祭祖,祈求连氏列祖列宗保佑连战胜出。

宗祠里还发生了一件有趣的事,据祠堂管理人员连守仁老人回忆,有位姓陈人氏把祠堂前的旗杆推倒,结果,连战失利,陈水扁胜出。宗亲们认为这是陈氏推倒旗杆造成的,赶紧叫人重做旗杆,把旗杆树得比原来还高还稳固。仅从竖旗杆一事就足见马崎村连氏宗亲对连战的重视程度。

柳营江的奇迹

柳营江是九龙江下游的别称。相传六朝时,防守闽地的军队在此据江阻险,插柳为营,故名。三百多年前,清康熙三十九年(一七○○年),连兴位就是从这里渡海去台湾地区的。没想到这一去,竟繁衍子孙到了第十世。连兴

二〇〇六年四月十九日,连战到漳州马崎寻根谒祖圆梦。图/郑晓东

位卜居的台南县至今还有个乡叫柳营乡。

十年前,我第一次来到马崎村,就特意找到传说中连兴位乘船出海的码头,立江边而凭吊。当然它只是一条芳草萋萋的江岸,还有一只乌篷船正在江面上晃晃悠悠。犹记那个黄昏,雨还下着,七十岁的连守镇推出摩托车,头戴斗笠,执意要带我们前往。通往江边的村道较为狭窄,车子的行进十分艰难,摩托车走几步就要停下来,在前头指挥我们的车辆蜿蜒前行。连家人的热忱让我们不敢有丝毫抱怨,相反,内心不时生出感动的情愫来。

其实,早在一九三三年,连横就已决定回祖地谒祖续谱,途经上海时,因时局变化,加上身体不适,终究未能如愿。好在二〇一六年四月十九日,他的孙子连战完成他的心愿,那声"爷爷啊,爷爷啊,我回来了",连横在天之灵一定听到了吧!

柳营江上有座名桥,叫江东桥。江东古桥已有八百多年的历史,始建于南宋嘉定七年(一二一四年),是我国古代十大名桥之一,还是世界最大的石梁桥,梁长二十三多米,重达两百多吨,在八百多年前的技术条件下,水流湍急的河面上,工匠是如何把这么重的石梁架上去,这至今还是桥梁建筑史上的未解谜题。

传说南宋嘉定七年(一二一四年),郡守庄夏命工匠在柳营江上垒石建桥墩,但因水深流急,桥墩一放就被冲走。工匠苦思良策而不得,一天,他们看见老虎背着虎子顺利渡过柳营江,受到启发,便沿虎渡水线选址筑墩,石板铺设成功,所以,江东桥又名"虎渡桥"。南宋嘉熙元年(一二三七年),漳州郡守李韶倡改铺石板为桥面,后经元、明、清历代屡次修复,终留下这古代桥梁建筑史上的奇迹。

当我冒着七月的高温来到江东桥,见到桥底下的碧绿江水时,我浑身似乎感到一阵清凉。村主任黄小庆多年前就在江东桥边开店,他说:"夏天一到,我就到桥梁上午睡,十分阴凉。"可惜,这样的日子不会再有,因为几年前,连日洪水冲垮桥梁,尽管后来进行修缮,但梁再也不是那梁,现在的梁贴着

万松关。图 / 刘阳

马崎村

　　马崎村是连战的祖籍地。二〇〇六年四月十九日,连战回马崎村连氏祖墓祭拜后铲一抔土带回台湾地区。这里对台渊源深厚,台南县柳营乡连姓族群由漳州马崎村迁入。早在明朝,朝廷便在马崎设柳营江巡检司,旧称柳营江。当地连氏迁至台南定居后,为慰藉乡愁,仍以"柳营"为新居住地命名。

江东古桥。图 / 刘阳

乡 / 关 / 年 / 月

瑞竹岩寺。图 / 刘阳

桥面，中间的缝隙，已容不下纳凉的人们了。

为了进一步保护这个全国文物保护单位，江东桥上目前已不能通机动车，我们现在所见的亭子式桥门，就是为了防止机动车进入而加盖的。

万松关的呼唤

连横在其族谱里提及祖籍地为"福建省漳州府龙溪县万松关马崎社"，万松关与柳营江一样成为台湾地区连氏宗亲对祖地的思念符号。

马崎社边上的万松关是古时重要军事关隘，素有"入漳第一关"之誉。"岐山与鹤鸣山联峙，二峰秀耸龙江上，延袤十里余，中为万松关。"《名山记》中显见，万松关地处两山夹峙之中，"麟蹲凤翔，襟带中原"。历史上，万松关发生诸多战役，如明嘉靖年间，戚继光大破倭寇；清初，郑成功大将甘辉大败清福建总督陈锦；清同治年间，太平天国骁将侍王李世贤大败清军，等等。这些战役说明了万松关重要的地理位置和军事价值。

台湾地区连氏宗亲回到祖地祭祖时，总会到万松关凭吊这一历史上著名的军事要塞，马崎村人也希望能借万松关、江东桥等历史古迹发展旅游业。

与龙海不少富美乡村相比，马崎村属于欠发达村庄，村里的经济水平这十年间几乎停滞不前，甚至村容村貌还不如十年前。

十年前，我第一次到马崎村时，虽是寒冬，但雨打香蕉叶，悦耳的声响伴我们一路入村，马崎盛产香蕉，路边香蕉园一个接一个。

进村后，空气中弥漫着干牛粪的香气，那是从遍布整个村庄的大大小小的蘑菇房里散发出来的。蘑菇是马崎村的主业，有九成以上的连氏宗亲以养蘑菇为经济来源。从金秋十月，全村和往年一样进入养蘑菇的时节，买稻草，收牛粪，建堆场，架菇床……春节前后，每张菇床上都是白花花的——蘑菇大丰收了。

相隔十年，我带着记忆中的芭蕉雨、香牛粪和白蘑菇，回到马崎，也许季节不同，我没再听到雨打芭蕉的悦耳声，也再没闻到混和着牛粪和蘑菇的香气。村主任黄小庆告诉我,村里临江的蘑菇房都停产了,因为马崎村边的柳营江,也就是现在的九龙江北溪段,是几个重要取水口的交汇处,厦门、龙海、漳州开发区、华阳电厂等取水口均在马崎村边的江中,所以,马崎村的所有可能污染水源的作业都必须永久停业,包括种蘑菇。马崎村至今还在发展之路上摸索。"这也是我们村两委非常苦恼的,也希望各级政府能多关爱我们马崎村,"黄小庆说,村里正争取发展旅游业。

作为旅游业的重要配套,江东鲈鱼馆依然生意红火。这些位于江东桥边上的鲈鱼馆得益于柳营江里肥美的鲈鱼而享誉四方,尽管现在九龙江因取水口的水质保护而禁止养鱼,江东鲈鱼馆的鲈鱼实际上已取自别处,但食客似乎不怎么计较,依然乐此不彼从漳厦泉等地而来品尝。据黄小庆介绍,在江东桥边做生意的,不管是开鲈鱼馆,还是开其他店的,都顺风顺水,所以,村里人都认为江东桥边、柳营江畔是风水宝地。

告别马崎村,我满怀祝福,同时,更满怀对十年前的追念。在马崎村驻村的日日夜夜,我最难以忘怀的是村民们的淳朴之情。

有个晚上,原本素昧平生的村民连惠金,留我住在她家,她特意安排我住在三楼,说写稿比较安静。而在我写稿时,她的女儿大英子端了一碗鲈鱼面线上楼来,一定要我吃了这碗点心,尽管我平时都不吃夜宵,但这晚,我吃了,而且吃得津津有味。

江东鲈鱼。图/林财民

江东鲈鱼

江东鲈鱼,产于江东桥下北溪水域,这一带江深水清,淡水长流,所产鲈鱼,远近驰名,得名"江东鲈鱼",又称"阔嘴鲈"。江东鲈鱼嘴阔,身长,鳞细小,色银白,背后不规则小黑点,黑白清晰分明,形态与上海松江鲈鱼相似。此鱼肉嫩洁白,味美不腥,营养价值高,为他处鲈鱼所不及,烹调后乃为上品佳肴。

据传,江东鲈鱼由松江(今上海市松江区)传种而来,谓之"东溪奉母鱼"。

据传宋时,高东溪,漳浦县人,事母甚孝,其母平时喜食鲈鱼,后高东溪告假,取水道回乡,在船舱另装活水舱柜,由松江带活养鲈鱼奉母。当船驶抵江东桥下时,高拟将鲈鱼烹之以奉母,其母观此鱼形态活跃美观,不忍食之,遂对东溪说:"此鱼来之不易,食之今后难得。不如将此鱼投入江中,使之传种,世代繁衍,让后人有此佳品可餐。"东溪遵照母意,遂将所带活养的松江鲈鱼尽放于江东桥下,从此鲈鱼在此繁衍不绝,遂成江东名种。

目前,"江东鲈鱼粥""江东鲈鱼卷"被评为"中华名小吃","江东鲈鱼丸"也被评为"福建名小吃"。近年来,在厨师们的精心创作下,江东鲈鱼的制作方法不断翻新,仅鲈鱼粥就有近十种制作方法。

特别鸣谢一起驻村的两岸摄影家,让我们记住他们的名字!

——

蒋　铎(人民日报高级记者,中国新闻摄影终身成就奖获得者)

林国彰(台湾第一位获荷赛日常生活类首奖的摄影家)

刘　阳(中国书局总编辑,世界华人摄影联盟秘书长)

林柏樑(台湾知名摄影家、吴三连奖得主)

黄子明(台湾中国时报摄影中心原主任,华赛评委)

刘振祥(台湾最受推崇的表演艺术摄影师,"云门舞集"专任摄影师)

林世泽(厦门日报图片中心原主任,全国新闻图片编辑"金烛奖"得主)

居　杨(中国摄影家协会副主席,《法制日报》摄影部主任)

谢三泰(台湾自立报系原摄影记者)

陈学圣(台湾世新大学图传系专任副教授)

王火炎(厦门日报首席摄影记者,曾获华赛铜奖台赛银奖)

总策划：王劲东　张碧兰
策　划：胡伟国
编　务：康惟鑫　卢　燕
设　计：江　龙